Die Geschichten der Toten 1001

-

Erzählungen aus einer anderen Perspektive

~

Die Ungewissheit der Seelenebenen

Anna Beli

Copyright © 2015 Anna Beli
Alle Rechte vorbehalten.
2. Auflage
http://annabeli.jimdo.com/
Email: Anna-Beli@gmx.de
Facebook:
https://www.facebook.com/Anna.Beli.Astrid.Unger

Herstellung und Verlag:
BoD – Books on Demand, Norderstedt
ISBN 978-3-7347-8055-4

Erste Seelenebene

„Müssen gerade jetzt so viele Autos fahren, wenn ich über die Straße muss?" Leise fluche ich vor mich hin, während meine Augen wild von rechts nach links schwenken. Die Ampel ist wenige Meter von mir entfernt, aber den Weg möchte ich mir sparen. Gestresst fällt mein Blick auf meine schwarze Armbanduhr und bestätigt mir, dass ich es eilig habe, weil meine Kinder garantiert schon auf mich warten.

Sie besuchen die zweite und fünfte Klasse. Aufgrund der vielen Straßen, die wir überqueren müssen, hole ich sie lieber ab, damit sie sicher nach Hause kommen. Auch mein kleiner Lars wird im Kindergarten ungeduldig lauern.

Ein Hupkonzert begleitet mein aus Ungeduld schnelles Herüberlaufen und lässt mich japsend vor der Schule stehen. Von meinen Kindern ist keine Spur und ich versuche durch gleichmäßiges Atmen meinen rasend pulsierenden Herzschlag in den Normalbereich zu regulieren.

Miteinander plaudernd verlassen mein Sohn Sören und meine Tochter Clara schlendernd das Schulgebäude und schenken mir ihr freudigstes Lächeln. Sofort in ihre Mitte genommen machen wir uns auf den Weg zum Kindergarten und überqueren die Straße per Ampel vorschriftsmäßig.

„Süße, dein Rucksack ist auf", stelle ich fest, als wir den Bordstein erreichen. „Du hast auch schon etwas verloren."

Der kleine, gelbe Lieblingskuschelelefant meiner Tochter liegt hilflos auf der Straße und wartet auf Rettung. Die will ich ihm gewähren und prüfe mit einem kurzen Blick die Fußgängerampel, die noch willig in grün leuchtet. Sorglos greife ich nach ihm.

Quietschende Bremsen, das Schreien meiner Kinder, und ein lauter – mit Schmerzen begleiteter Knall schleudert mich gefühlt meterweit durch die Luft. Der Aufprall auf dem Asphalt ist betonhart.
Meine Sicht wird schwarz, dann verschwommen hell und wieder schwarz. Um mich herum sind viele Stimmen und ich kristallisiere meine weinenden Kinder heraus. Das brennt sich tief in mein Herz und lässt meinen ganzen Körper noch mehr schmerzen.
Erneut wird es hell hinter meinen geschlossenen Augenlidern und mein Gehirn suggeriert die Bilder, die mein Leben ausmachten. Meine Geburt und die wundervolle Kindheit, dank meiner Eltern. Die Hochzeit mit dem besten Mann, den es auf der Welt gibt und das Geschenk unserer Liebe – unsere drei Kinder.
Ich sehe mir jeden Augenblick aufmerksam an und schwelge im Glück, das sie bei mir verursachen. Jede Erinnerung – Jeder Gedanke. Ich möchte sie festhalten für die Ewigkeit und stehe plötzlich neben mir. Mein verletzter Körper liegt in einem Krankenbett, um das sich meine Liebsten gestellt haben und mich jammernd streicheln.
„Bin ich tot?", frage ich sie fassungslos, doch sie geben keine Antwort. Meine Überreste sehen so aus und es sind keine Maschinen angeschlossen, die mir das Gegenteil beweisen. „Ich kann nicht", schluchze ich und gebe mich **ihren** Emotionen hin.
Weinend stehen wir zusammen – ein letztes Mal – denn ich möchte nicht bei ihnen bleiben. „Ich kann

es nicht", klage ich geschockt. „Ich kann eure Trauer nicht ertragen", versuche ich zu erklären. Sie hören mich nicht. „Ich gehe jetzt", sage ich entschlossen und drehe mich um. Das Krankenzimmer verschwindet und eine neue Welt baut sich vor mir auf.

Zweite Seelenebene

„Hallo", sagt ein großer, fremder Mann freundlich. Er steht vor einem riesigen, schimmernden Tor. Links und Rechts baut sich eine undurchdringliche Schwärze auf und alles beginnt sich vor meinen Augen und in mir zu drehen. „Möchtest du auf diese Seelenebene?", höre ich ihn leise fragen. Die dunkle Umgebung wirbelt um mich herum. Sanft versuche ich meinen Kopf nickend zu bewegen und seine riesige Hand legt sich vermutlich auf meinen Rücken. Er schiebt mich durch das helle Portal, das sich von der Dunkelheit zusehends abhebt.

Dabei verändert sich erneut die Gegend und auch in mir wird es still. Mit klarem Blick schaue ich in das belebte Gebiet, das der Erde ähnelt. Der Himmel ist blau und die Sonne strahlt über die viereckigen, grünen Häuser, die das Gesamtbild der Stadt ausmachen. Einfache Wege verbinden sie und die glücklich wirkenden Menschen, lachen lauthals miteinander und verschwinden in den Gebäuden.
„Sei Willkommen auf der zweiten Ebene", begrüßt mich eine Frau und geleitet mich durch eine rote Tür in solch ein seltsames Haus.
„Zweite Ebene?", frage ich benebelt von den vielen Eindrücken, die auf mich einprasseln. „Was für Ebenen? Wo war die erste?"
„Die hast du schon verlassen und es gibt kein Zurück. Jeder kann in den Ebenen lediglich aufsteigen und jetzt bist du hier. Möchtest du sie dir anschauen oder sofort auf die nächste gehen?"

„Ich ... Ich weiß nicht", stottere ich überfordert. „Ich muss erstmal nachdenken."

Die Frau führt mich durch viele kleine Räume und drückt mich auf einem Stuhl runter. „Dann ruh dich hier aus und wenn es dir besser geht, sagst du mir Bescheid." Lächelnd streichelt sie sich über ihren gewölbten Bauch, der einer Schwangeren ähnelt. Sie setzt sich auf einen Stuhl an der Wand gegenüber und blättert aufgeregt in einer Zeitung.

Ich nehme mir ihre Worte zu herzen, bleibe still und versuche meine Gedanken zu ordnen. *Der Tod ist also nicht das Ende*, ist nur einer von vielen. Die Sehnsucht nach meinen Kindern und meinen Mann macht einen ungeheuerlichen Teil davon aus und lässt sich mit keiner passenden Lösung verknüpfen.

Die Stunden vergehen und um uns herum herrscht geräuscharmes Treiben. Ständig kommen Menschen durch die Tür und verlassen sie durch eine andere.

Die Frau gegenüber hat ihre Sitzposition nicht verändert und durchforstet fortlaufend neugierig die Zeitschriften.

„Okay, ich wäre jetzt soweit", spreche ich planlos und nehme einfach das, was auf mich zukommt.

„Du möchtest auf dieser Ebene verweilen?"

„Ja."

„Gut", lächelt sie. Dann folge mir." Mit schnellem Schritt durchquert sie farbenfrohe Räume, die alle gleich strukturiert sind. Jeder bietet Sitzmöglichkeiten und viele davon sind besetzt.

Vor einer gelben Tür stoppt die Frau und klopft an.

Die Tür öffnet sich selbstständig und ich bekomme den Vortritt mich erneut auf einen Stuhl zu setzen. Der pastellfarbige Raum ist menschenleer und ich wundere mich, warum sie überhaupt anklopfte. Mit einem breiten, schwarzen Ordner, der sehr schwer aussieht, kommt sie zu mir und legt ihn auf meinen Schoß.

Begeisternd strahlend setzt sie sich neben mich und streichelt ihren dicken Bauch. „Sind sie schwanger?", frage ich perplex.

„So ähnlich", grinst sie noch breiter und verweist meinen Blick auf den Aktenordner, der mit Blei gefüllt sein muss, so wuchtig, wie er ist.

„Was soll ich damit?"

„Öffne ihn."

Das vermutete Blei stellt sich als harmloses Papier heraus. Allerdings ist der Ordner dermaßen damit vollgestopft, dass sein Gewicht kein Wunder ist. Auf jedem Blatt sind Bilder von Männern abgedruckt und umso länger ich durch die Seiten blättere, umso mehr bekomme ich den Eindruck, dass ich mich auf einer Singlebörse befinde. Für jeden Geschmack ist etwas dabei. Unzählige Männer mit diversen Augenfarben, auch Farbtöne, die bei gewöhnlichen Menschen unmöglich sind. Die Haare variieren, sowie die Hautfarben.

„Was soll ich damit?", frage ich erneut und noch verwirrter, als ich es vor dem Aufklappen war.

„Such dir einen aus", antwortet sie und legt einen Blick auf, als ob wir uns im Schlaraffenland befinden.

„Aber ich möchte keinen von ihnen", entgegne ich und blättere automatisch weiter durch die Fotos.

„Es geht doch nur um die Fortpflanzung. Such dir einen aus, der dir gefällt und fertig", schmunzelt sie und schaut verliebt zu ihrem Bauch. „Der Mann ist nur Nebensache", murmelt sie verzückt.

Ihre Worte entschlüsseln zu wollen, lege ich Seite für Seite um und wunderschöne, vertraute, grüne Augen hindern mich am weiterblättern. Hätte ich noch einen Herzschlag, würde er in dem Moment in die Höhe schnellen. Wie schon als Jugendliche, schaffe ich es nicht, meinen Blick von seinen Augen abzuwenden. „Er ist hier?" Ungläubig verlassen diese Worte meinen Mund.

„Ja, möchtest du ihn wählen?"

„Wofür?", entgegne ich wiederholt, um es zu verstehen.

„Auf dieser Ebene geht es um die Seelenvermehrung. Du musst eine männliche Seele wählen, mit der du dies vollführen möchtest. Soll es Mike sein?"

„Das ist doch verrückt?!", stammle ich mit festen Blick auf seine Augen.

„Dann möchtest du auf eine andere Ebene?"

Meine Gedanken fahren Achterbahn. Waren sie eben noch bei meiner Familie, die ich zurücklassen musste, sind sie nun erfüllt von meiner Jugendliebe. Gewiss war diese sehr einseitig, weil er schon tot war und ich nur trauernd vor seinem Poster stand, aber er hat mich nie losgelassen.

Zerstreut schüttle ich den Kopf, wobei ich mir auch nicht vorstellen kann, nur als Brutstelle herzuhalten. Mein innerer Kampf beginnt und seine fesselnden Augen tragen ebenso dazu bei, wie die Frau, die mir erklärt, „dass ich mich jederzeit für die nächste Ebene entscheiden kann", sodass ich mich **für** dieses ungewisse Abenteuer entscheide.

„Ihr seht euch alle drei Nächte. Was dann geschieht, erklärt er dir", sagt sie und befreit mich von seinem Anblick, indem sie den Ordner schließt und mit ihm den Raum verlässt. „Hier ist der Schlüssel für dein Quartier, ich wünsche dir viel Spaß." Genüsslich lachend zeigt sie auf eine pinkfarbene Tür.

Ich umschließe den silberfarbenen Schlüssel mit meiner Hand, öffne die Tür und gehe in mein neues Leben.

***

Der Himmel ist wolkenlos und frohlockt mit unterschiedlichen Blautönen. „Und was nun?", frage ich leise und sehe auf die vielen Menschen, die glücklich und in großen Massen umherwandern. Ein Gebäude gleicht dem anderen und dieser stechende Grün-Ton ersetzt die fehlende Pflanzenwelt.

„Kann ich dir helfen?", werde ich von einem Mann angerempelt.

„Ja, ich bin neu hier und habe keine Ahnung, wie es weitergeht."

„Oh eine verlorene Seele", freut er sich, reibt sich die Hände und legt dann seinen Arm um mich. „Ich zeige dir, was du jetzt machen musst. Wo ist dein Schlüssel?"

Mit ungetrübten Misstrauen beäuge ich ihn und halte meine Hände fest geschlossen.

„Auf dem Schlüssel steht deine Haus- und Zimmernummer. Hast du ihn etwa verloren?", drängelt er sich sprichwörtlich auf und streicht mit seiner freien Hand durch seine bläulichen Haare.

„Nein, ich komme schon klar", versuche ich mich herauszureden um diesen lästigen Mann loszuwerden. Seine stechend, gelben Augen weiten sich und konkurrieren mit meinen grauen. „Mir fällt gerade alles wieder ein", lüge ich. „Ich bin auf den Kopf gefallen und hatte kurzen Gedächtnisausfall. Danke für deine Hilfe", sage ich bestimmt und drehe mich aus seinem Griff.

Energisch, ohne zurückzublicken, laufe ich auf die Häuser zu und blinzle auf meinem Schlüssel, um die Zahlen zu entdecken. Zehn – Acht.

Wie in der Menschenwelt, haben auch diese Häuser Nummernkästen und navigieren mich zu der Zehn. Der Schlüssel passt und Erleichterung macht sich in mir breit. Der rote Hausflur ist schmal und spärlich beleuchtet. Er führt direkt zu einem Fahrstuhl, der unter anderen die Nummer Acht beherbergt.

Mit zitternden Händen berühre ich die Nummer und der Fahrstuhl fährt - mit lauschig, beruhigender Musik - nach oben. Dann gibt es ein Kling und ein Schloss leuchtet grün auf. Mit gewisser Vorsicht stecke ich den Schlüssel hinein. Die Türen öffnen sich und geben mein neues Zuhause preis.

Es ähnelt meiner alten Wohnung, die ich zu jenen Zeiten hatte, bevor ich meine Familie gründete. Ich fühlte mich in der nie wohl. Allerdings lag das am Umfeld, es war zu kriminell.

Ich hatte großes Glück, das ich eine Arbeit außerhalb von New Orleans fand und dort meiner Liebe begegnete – meinem Mann Luca.

Sofort macht sich die Sehnsucht nach ihm in mir breit. Der Eintritt in das geräumige, mit Licht durchflutete Wohnzimmer, lenkt mich ab. Es hat alles was ich brauche um die vermutlich viele Freizeit, die ich gar nicht gewohnt bin, zu überstehen.

Eine gemütliche, beige Couch steht vor einem riesigen Wandfernseher. Ich suche die Türen für Küche und Bad, doch es gibt nur noch eine Blaue.

„Also farbenreich ist es hier", stelle ich schmunzelnd fest und bin über den traurigen Gedanken an Luca hinweg.

Die blaue Tür verbirgt einen kleinen Raum, indem lediglich ein Bett steht. „Und was mache ich, wenn ich mal auf Toilette muss? Oder Hunger habe?"

Meine Frage beantwortet sich ohne Hilfe, indem ich kurz in mich hineinhöre. Kein Verlangen ist mehr vorhanden, das die menschlichen, lebenswichtigen Bedürfnisse darstellte. „Ich bin kein Mensch mehr. Ich bin nicht mehr am Leben!" Diese Erkenntnis trifft mich wie ein Schlag und lässt mich jämmerlich weinend auf dem Bett zusammenbrechen.

Ich weine, bis keine Tränen mehr da sind und bleibe deprimiert liegen. „Wie kann ich diese menschliche Emotion durchführen, wenn ich keine anderen Flüssigkeiten zu mir nehme? Wie funktioniert das?" Bedrückende Fragen suchen nach einer Antwort.

Ich stehe auf, laufe in das Wohnzimmer und stelle den Fernseher an.

Eine bekannte Stimme lässt mich vor Schreck hinter das Sofa springen.

„Herzlich Willkommen Jasmin", sagt Mike Krale, jener Mann für den ich mich aus dem dicken Aktenordner entschied. „Schön, dass du mich gewählt hast", redet er unentwegt weiter. „Wir sehen uns in 33 Stunden, zwölf Minuten und 55 Sekunden in dem Partikelerschaffungsgebäude. Ich freue mich auf dich."

Ich kann es nicht glauben, dass **ER** zu mir spricht und traue mich nicht, hinter der Couch hervorzusehen. „Bestimmt sieht er mich gerade", denke ich peinlich berührt. Eine liebliche Wärme breitet sich in mir aus und durchzieht meinen gesamten Körper. Schon zu Lebzeiten vermochte seine Stimme dies bei mir.

Ich schwanke mit den möglichen Entscheidungsoptionen und sammle meinen ganzen Mut zusammen, den ich brauche, um ihn das erste Mal zu sehen. Zaghaft stehe ich auf und sehe auf die schwarze Leinwand, die nun nur noch eine Uhr rückwärts zählend einblendet. „Hab ich mir das eingebildet?"

Ich denke es nicht, denn die Zeit zeigt die Zahlen, die Mike zuvor verkündete. 33 Stunden, 12 Minuten. Der Sekundenzähler schlägt nach unten und reißt den Minutenzähler mit sich. Ich beobachte ihn dabei und es fällt schwer, mich davon zu lösen.

Ich ertappe mich, wie ich die Zeit mit herunterzähle. Allerdings fällt mir das erst bei zwei Stunden und 34 Minuten auf.

Erschrocken schüttle ich mich, denn die Zeit ging unbeschadet an mir vorbei. Sie verflog bedeutungslos. „Wieso ist das so? Warum starb ich? Ich habe mich doch nur nach dem Kuscheltier gebückt? Weswegen bin ich jetzt hier?"

„ICH WILL DAS NICHT!", schreie ich alle verzweifelten Gefühle aus mir heraus. „ICH WILL NICHT, DAS ES WEITERGEHT!"

„Ich will nur tot sein. Ein friedliches Ende – ewig schlafen. WARUM IST DAS NICHT SO? VERDAMMT", fluche ich und schlage mit den Fäusten gegen die pastellfarbene Wand. „Scheiß Farben!"

Die Wand lässt sich von meinen Schlägen nicht einschüchtern und jeder weitere, schwere Schlag geht spurlos an ihr vorbei. Auch bei mir hinterlässt es weder blutige Stellen, noch Schmerzen. Nichts — außer meinem Frust. Dieser baut sich von Hieb zu Hieb ab und zerfällt komplett, als Mikes Stimme in meinem Zimmer ertönt.

„In zwei Stunden sehen wir uns in der Partikelerschaffung. Sei bitte pünktlich", erfüllt seine engelsgleiche Stimme den gesamten Raum und lässt keinen Ursprung erahnen.

„Wo bist du?", frage ich nervös und umfasse, nach Halt suchend, meine Hände. Er antwortet nicht. „Partikelerschaffungsgebäude? Wo finde ich das?" Auch diese Frage bleibt ohne Erklärung.

Die Türen des Fahrstuhles öffnen sich und geben meinen Schlüssel preis, der einsam im Schloss baumelt. „Jemand hätte ihn klauen können!"

Sofort bekommen meine Befürchtungen über Eindringlinge neues Futter. Immerhin hatte ich schon in meiner damaligen Wohnung Angst, dass jemand einbrechen könnte.

Rasch schiebe ich den Schlüssel in die Hosentasche meiner Jeans. Sie ist noch dieselbe, die ich mir an dem Morgen anzog. Nur der andere menschliche Inhalt fehlt. Kein zerknülltes Taschentuch — keine Bonbons. Der Fahrstuhl fährt nach unten und entlässt mich in die große neue Welt, in der ich völlig ahnungslos bin.

Beunruhigt laufe ich die kleinen Gassen entlang und gehe allen Kreaturen aus dem Weg. Ich vermeide Blickkontakt und ziehe dadurch keine Aufmerksamkeit auf mich.

Die Nummernkästen auf den Häusern gehen bis in den Hunderterbereich und zeigen das Ausmaß dieser eigentümlichen Stadt. An vielen Gebäuden prangern Hieroglyphen und leuchten wie Werbetafeln bunt auf. Eins davon entpuppt sich als Partikelerschaffungsgebäude, denn diese Buchstaben glitzern ausnahmsweise in meiner Sprache.

Beim gehen durch die Tür lässt sich meine Nervosität kaum noch verbergen. Auch wenn die menschlichen Organismen aussetzen, fühlen sich meine Hände klatschnass an.

„Hallo", begrüße ich zurückhaltend den Mann an der Anmeldung. Seine roten Augen starren erwartungsvoll und warten auf mehr Informationen. „Mein Name ist Jasmin Lurena und ich möchte zu Mike Krale." Beim Aussprechen seines Namens steigt Hitze in meinen Kopf und lässt ihn sicher hochrot leuchten.

Der rotäugige Mann mit den wenigen, weißen Haaren reagiert ohne Mimik und faucht eine „Fünf" aus.

„Zimmer Nummer Fünf?", frage ich vorsichtig und fühle mich plötzlich wie eine Prostituierte, die zu ihrem Freier muss.

Er nickt leicht und ich laufe in den langen, schmalen Flur. Er beherbergt auf beiden Seiten viele verschiedenfarbige Türen. Vor der Fünf bleibe ich stehen und werde immer aufgeregter. „Ob er schon da ist?" Mir wird komisch bei dem Gedanken. So seltsam, als wenn sich mein unvorhandener Magen mehrfach umdrehen würde. Sachte betätige ich die Türklinke und sehe in das kleine - zum Glück menschenleere - Zimmer.

Es beinhaltet nur ein kitschig rosa gefärbtes Bett. Eine kleine Deckenlampe erhellt den trist wirkenden Raum.

„Ein paar nette Bilder würden der grauen Wand gut tun", urteile ich beim Betreten und schließe schnell die Tür hinter mir. „Oje, gleich wird Mike hier sein." Mir wird immer schlechter. „Warum habe ich ihn gewählt? Hätte ich lieber einen Fremden ausgesucht!"

Ein leises Klopfen an der Tür kündigt sein Kommen an. Mein nichtvorhandenes Herz würde spätestens jetzt herausspringen. Immer wieder verfluche ich mich, „dass ich IHN gewählt habe. Wie konnte ich nur so blöd sein?"

Die Tür fliegt auf und ich sehe Mike in voller Pracht. Verlegen senkt sich mein Kopf automatisch und ich traue mich nicht mehr, aufzusehen.

„Hallo Jasmin", sagt er unbedarft und schließt die Tür.

„Hallo", piepst meine Stimme im schrägsten Ton. *Verdammt, wie kann ich nur so kindisch sein? Ich bin doch nicht mehr in der Pubertät? Ich bin eine erwachsene junge Frau!* Gestärkt sehe ich auf und verliere mich in seinen Augen.

Wunderschöne grüne Pupillen mit kleinen Silberfäden fesseln mich. Sie wirklich in voller Schönheit sehen zu können - ohne Poster oder Bildschirm ... Es ist so unwirklich und wird von Moment zu Moment peinlicher, weil ich es nicht schaffe wegzusehen und er nichts sagt.

„Hallo", quieke ich daher noch einmal angestrengt und ein lautes Seufzen seinerseits folgt.

„Nicht schon wieder so ein Groupie. Ja ich weiß, ich bin Mike Krale, wie toll, aber das ist doch schon Jahre her! Wie alt bist du eigentlich? Sonst waren die Frauen um die Fünfzig, die mich so bewundernd anstarrten", erklärt er im gereizten Ton.

Ich verstehe das vollkommen und versuche dies auch mitzuteilen, aber meinen Mund verlassen nur nicht zusammenhängende, quirlige Wörter. Und dann noch diese Augen! Es fällt mir schwer nachzudenken - überhaupt zu denken. „Ich bin 35", stottere ich. „Es-tut-mir-wir-klich-leid." Ich senke meinen Blick, um seine Augen aus meinem Sichtfeld zu bekommen und wieder klar denken zu können.

„Wie alt warst du, als ich starb?", fragt er genervt.

„Ich war elf."

„Elf?", sagt er schrill und lässt sich auf das Bett fallen.

„Ja, deine Augen faszinierten mich immer sehr", antworte ich ehrlich.

„Und deswegen hast du mich gewählt? Nur wegen meinen Augen? Was war mit meinem schauspielerischen Talenten, weswegen ich berühmt war?"

„Um ehrlich zu sein, habe ich deine Filme nie richtig gesehen. Deine Augen lenkten mich immer ab." Mein jugendliches Kichern lässt sich nicht unterdrücken und ich würde am liebsten im Boden versinken.

Mike stimmt mit ein, allerdings ist sein Lachen beherrschender. „Ich wusste schon, warum ich mich damals umbrachte! Diese ganzen äußerlichen Attribute, denen man gerecht werden musste. Ich hatte so die Schnauze voll!"

„Es tut mir wirklich leid. Ich wollte gar nicht so anfangen", versuche ich die angespannte Stimmung zu beruhigen und lehne mich an die kahle Wand. „Ich weiß nicht einmal wirklich, was ich hier soll. Die sagten etwas von Seelenerschaffung und das du es mir erklären wirst. Du warst im Bildschirm so freundlich. Es tut mir wirklich leid, ich wollte dich nicht reizen."

„Ich hatte eine anstrengende Nacht!" Fühlbar durchbohren mich seine Augen.

„Es tut mir leid." In mir herrscht nur noch wildes Chaos.

„Was glaubst du, was manche Frauen für Phantasien haben, die ich ihnen erfüllen muss?", schluchzt er plötzlich jämmerlich.

„Da brauchst du bei mir keine Angst haben. Ich möchte nichts von dir."

„Nichts? Du hast mich für die Seelenerschaffung bestellt. Also wie nichts hört sich das für mich nicht an!", fängt er sich schnell wieder.

„Was bedeutet das? Wie funktioniert es?" Mein Blick schwenkt an seinen Augen vorbei, die mich stechend ansehen und nichts von der üblichen Lieblichkeit besitzen.

„Leg dich aufs Bett."

„Warum? Auf keinen Fall."

„Dann machen wir es eben im Stehen. Wenn du keine Ansprüche hast, möchte ich es schnell hinter mir haben."

„Was denn?"

„Unsere Seelen müssen sich verbinden und dann funktioniert es wie zu Lebzeiten mit dem Kinder bekommen."

„Wie sollen sich unsere Seelen verbinden?"

„Hast du dir deinen Körper schon mal angeschaut? Also so, wie er jetzt aussieht?"

„Nein. Warum sollte ich?"

„Heb dein Oberteil!" Da ich keine Anstalten mache, hebt er sein blaues Hemd hoch und ich sehe direkt in eine wirbelnde, helle Masse, die sich in der Höhe des Bauchnabels befindet. „Das ist die Hauptöffnung zu deiner Seele."

„Faszinierend." Es löst dieselbe Starre bei mir aus, wie der Blick in seine Augen. Seine Seele fließt in seinem Inneren und hin und wieder verlassen strangartige Teile den Gesamtinhalt und quellen heraus.

Er hebt mein Oberteil an und ich beobachte seine Seele weiter wie sie ihn verlässt und sich zu mir schlängelt. Kurz vor meiner Öffnung stoppt sie und ich nutze den Moment, um wieder zu mir zukommen.

„Wie? Heißt das, du befruchtest mich jetzt irgendwie?" Ich verschränke meine Hände vor meiner Körperöffnung und wackle abwertend mit dem Kopf hin und her. „Das machst du auf keinen Fall! NIEMALS!"

„Doch das muss ich, sonst bekommen wir beide Ärger. Die prüfen das morgen früh nach! Nur deswegen sind WIR hier!"

„Und dann wächst ein Kind in mir?"

„Eine Seele."

„Nein, das möchte ich nicht. Auch wenn mein Kinderwunsch zu Lebzeiten groß war – so nicht!"

„Das musst du aber oder du wechselst die Ebene. Aber ich weiß nicht, was als nächstes kommt. Ich denke, es kann nur schlimmer werden."

„Schlimmer? Egal, das hier ist nichts für mich. Ich wechsle lieber, wie stell ich das an?" Mit entscheidenden Schritten laufe ich zur Tür.

„Ich würde es dir wirklich nicht empfehlen und ich spüre auch, dass du es nicht wirst. Um nicht noch mehr wertvolle Ruhezeit zu verplempern, lass es uns endlich hinter uns bringen! Ich muss mich ausruhen." Er läuft mit seiner gestreckten Hand auf mich zu und ich trete den Rückwärtsgang an, bis die Wand mich stoppt.

„Vergewaltigst du mich jetzt?"

„Nein ... wie bitte? Das klingt furchtbar! Du bist die erste, die soviel redet, es geht ganz schnell und ich muss es ja, zur Abwechslung, nur einmal machen."

Er stellt sich dicht vor mich und normalerweise war das immer mein Kinderwunsch, als ich ihn auf meinen Kinderzimmerpostern anhimmelte. Aber nun in dieser Situation gefällt es mir nicht mehr und lässt meinen ganzen Körper zittern.

„Warum kann ich nicht einfach tot sein? Wieso muss es weitergehen? Ich möchte nur Ruhe haben!" Weinend sacke ich zu Boden und verstecke mein Gesicht in meinen Händen.

„Wie gesagt, es geht ganz schnell und tut auch nicht weh oder so. Es ist keine Vergewaltigung!", höre ich leise seine verunsicherte Stimme. Er setzt sich neben mich und streichelt meinen Arm. „Bitte weine nicht. Ich konnte noch nie sehen, wenn eine Frau weint." Mike legt seinen Arm um mich und zieht meinen Körper dicht an sich heran. „So ein Treffen hatte ich wirklich noch nicht. Normalerweise sind die Weiber immer alle euphorisch und versaut. Am Ende bin ich der, der heult."

Seine Worte beruhigen mich etwas und erwecken erneut mein Mitgefühl für ihn. Vorsichtig hebe ich meinen Kopf und sehe in seine schönen grünen Augen, die mich sofort in den Fanstatus versetzen. Er streicht mit seinen Finger meine Seelentränen aus dem Gesicht und lächelt tapfer und ermunternd. Er zieht sein Oberteil etwas hoch und ich kann wieder direkt in seine helle, wirbelnde Seelenmasse sehen.

Sie dringt aus ihm und berührt meine, was mich zusammenzucken lässt. Schlagartig kribbelt es überall. Er lächelt über meine Jungfräulichkeit und das

Band aus seiner Körperöffnung taucht in meine Seele und vermischt sich mit ihr. Wohltuende Wärme legt sich wie eine schützende Decke über mich. Unser Blick trennt sich nicht und ich ertrinke vor Sehnsucht in seinen traumhaften Augen.

„Schon fertig, siehst du, es geht ganz schnell." Die schönen Gefühle verflüchtigen sich mit seinen Worten und ich sehe nach unten, wie seine Seele mich verlässt. „Das war es schon. Wenn du jetzt nichts mehr möchtest, leg ich mich schlafen. Auch unsere Seelen brauchen Ruhe." Er legt sich auf das Bett und schließt die Augen. Ich kann nicht glauben, was gerade geschah und bleibe tranceartig auf dem Boden sitzen.

Ein Mann betritt unser Zimmer und verkündet den neuen Tag.

Er sieht sich unser beider Seelenöffnungen an, nickt zufrieden und lässt uns gehen. Mike stürmt ohne Worte aus dem Zimmer.

„Entsteht jetzt eine Seele in mir?", frage ich den fremden Mann ungläubig.

„Das kann man erst in drei Tagen sehen, wenn du wieder hier her kommst."

„Noch einmal?"

„Immer! So lange bis es funktioniert hat."

„Und was passiert dann?"

„Die Seele wächst in dir und verlässt dich dann. Und dann musst du wieder hier her, um die nächste Seele zu erschaffen."

„Immer wieder? Warum?"

„Weil das **hier** so ist."

„Warum habe ich dann noch keine kleine Seele gesehen? Wo sind sie?"

„Wenn du dir die Stadt richtig ansiehst, dann entdeckst du sie. Du musst deine Augen öffnen!", sagt er in einem barschen Ton, der mir Angst macht. Hastig verlasse ich das Zimmer und möchte nur noch weg. Raus aus dieser Stadt, wohin auch immer!

Rennend an den Häusern vorbei und kein Ende sehend, beschleicht mich Panik und Trauer. Die Sehnsucht nach meinem gewohnten Umfeld und meiner Familie übermannt mich. – Nun in der Fremde ausgeliefert zu sein ist ein absoluter Alptraum!

Das Grün jedes Hauses verändert sich nur leicht im Farbton und die Zahlen gehen in die Zehntausender. Schüttelnd breche ich zusammen und lasse den Tränen freien Lauf. Dadurch wird mir Aufmerksamkeit zuteil, die ich NICHT möchte. Viele Hände berühren und streicheln mich ohne meine Zustimmung.

Schreiend stehe ich auf und renne weiter. Ich renne und renne. An den grünen Fassaden vorbei und an unzähligen Leuten. Bis eine eigenartige Gestalt meinen schnellen Lauf stoppt. Verzückung und Glückseeligkeit verbreitet diese winzige, leuchtende Kreatur, die neben einer Frau schwebt. Sie funkelt in einem sanften Blau und besteht nur aus Seelenmasse. Wie eine fliegende kleine Säule bewegt sie sich durch die Luft und zaubert mir ein Lächeln ins Gesicht. Es verfliegt die Furcht und jeder hoffnungslose Gedanke.

„Das ist das Endprodukt?", frage ich mich nachdenklich, während mir das richtige Wort dafür nicht einfallen mag. Umso länger ich dieses wundervolle Geschöpf bewundere, umso mehr komme ich zur Ruhe.

Ich trete den Rückweg an und begegne noch vielen Seelensäulen. Sie kreuzen zu hunderten meinen Weg und ich frage mich: „ob ich so etwas wirklich möchte? Ist es wie ein Kind? Es braucht scheinbar keine Liebe um zu entstehen."

Wie schon zu Lebzeiten, kann ich mir so etwas nicht vorstellen. Etwas zu erzeugen ohne Gefühle. Die Gedanken stoßen mich gnadenlos in die schmerzhaften Erinnerungen an Luca und meine Kinder.

„Habe ich Luca betrogen?" Mit dieser Überlegung öffne ich meine Fahrstuhltür und sehe zu dem Fernseher. Erneut läuft die Uhr rückwärts – gnadenlos vergeht die Zeit.

Zeit, die ich lieber mit meinen Kindern verbringen würde. Wie geht es ihnen jetzt? Was machen sie? Luca … Die Gedanken an sie schnüren meine Seele zu. Ich lasse mich auf mein Bett fallen und weine in den Schlaf.

Er fühlt sich anders an. Er ist friedlich und schenkt mir die Ruhe, nach der ich mich sehne. Kein einziger Traum stört diesen stillen Modus und keine Sorgen, die mich sonst immer wieder aufrüttelten. Es ist, als würde ich neben mir liegen und mich beim schlafen beobachten. Und dabei dann erneut einschlafen, um noch tiefer in die Entspannung zu gleiten.

Ein liebes Flüstern holt mich Stück für Stück zurück. „In einer Stunde musst du da sein. Ich freue mich auf dich, sei pünktlich." Mikes Stimme hallt leise durch die Räume und weckt mich endgültig.

„Eine Stunde?", frage ich leise. „Habe ich drei Tage verschlafen?" Mit vollgetankter Energie stehe ich auf und habe mich noch nie so erholt gefühlt. Der

Fernseher bestätigt Mikes Worte und ich schlendere frisch und munter zum Fahrstuhl.

Der Weg zu dem Partikelerschaffungszentrum ist nicht weit, weil ich ihn nun kenne. „Wieder die Fünf?", frage ich den Mann, der an der vermeintlichen Anmeldungstheke sitzt. Seine roten Augen weiten sich und fixieren meinen Bauch. Dann nickt er und ich gehe in den Raum, in dem Mike schon auf mich wartet.

„Hallo", sage ich entspannt und ohne Aufregung.

„Hey." Er dreht sich auf dem Bett zu mir. „Wieder das Schnellprogramm?"

„Ich weiß nicht." Geistesabwesend schließe ich die Tür und lehne mich gegen sie. „Ich muss erst denken, ich habe gerade so toll geschlafen. Und dann diese ganzen Eindrücke. Diese kleinen Seelen, sie sind bezaubernd ... Aber ich kann es mir nicht vorstellen." Kurz glimmt die Erinnerung an meinen Ehemann in mir auf, doch ich ersticke sie im Keim, bevor sie schmerzen kann. „Wie sieht die nächste Ebene aus?"

„Das weiß keiner, bevor er sie nicht geht."

„Warum denkst du, dass sie schlimmer ist? Es kann doch auch keiner zurück und davon erzählen, oder?"

„Ich habe es im Gefühl, das die nächste furchtbar ist", antwortet Mike ernst. „Bleib lieber hier."

„Ich weiß nicht, was ich machen soll? Ich weiß nur, dass ich DAS nicht will. Keine kleine Seele! Auf keinen Fall!"

„Aber das musst du, sonst bekommen wir Ärger."

„Von wem? Wie?"

„Das möchtest du nicht wissen! Ein Freund von mir hat einmal ausgesetzt, weil er keine Lust mehr hatte. Sein Anblick danach war schrecklich und er war von da an, nie wieder der Alte und würde es NIE wieder verweigern. Ich will nicht so enden wie er! Nur wegen DIR!"

Wütend springt Mike vom Bett auf, streckt drohend seinen Zeigefinger nach mir aus und schreit weiter: „Dann wechsle lieber sofort die Ebenen und dann kann ich zur nächsten Frau gehen und werde nicht bestraft!"

Seine Worte beunruhigen mich und vertreiben die Entspannung. Grübelnd hadere ich mit meinen Entscheidungsmöglichkeiten: Es zu verweigern und auf den Graus, mit dem Mike mich erschreckte, zu warten. Oder kurz still zu halten und Mike gewähren lassen ... aber kann ich damit leben? Und wenn wirklich eine Seele daraus entsteht?

Fast schon mit einem widerwärtigen Ekel schüttle ich den Kopf. *Was ist nur mit mir los?* Ebenen wechseln! Die letzte Option blinkt vor mir, als wäre sie der Rettungsanker. Aber was ist, wenn Mike Recht behält und die nächste Ebene schlimmer ist? Ich kann doch nicht ständig auf den Ebenen hoch hüpfen, um mal kurz reinzusehen, ob sie mir gefällt? Was erwartet mich dort?

„Diese Ungewissheit macht mich rasend", fluche ich laut. „Ich will nicht hier sein! Aber ich möchte auch nicht, dass du wegen mir leidest! Verdammt, was soll ich nur machen?" Hilfesuchend sehe ich ihn an, als wäre **er** die Lösung meiner Probleme.

„Ich kann dir nicht sagen, was für dich das Beste ist. Ich kenne dich nicht! Es ist mir egal, was du machst! Hauptsache, ich bekomme keinen Ärger!"

Seine Antwort hilft mir überhaupt nicht weiter, aber durch seine Augen beruhige ich mich etwas. Ich brauche mehr Zeit um die richtige Entscheidung für mich zu finden. Also nicke ich ihm zu und lasse ihn die Seelenvermischung vollziehen. Gefühllos geht der Akt von statten und Mike legt sich aufs Bett und ruht.

Durch meinen Kopf toben fortwährend die wenigen Alternativen, die zur Auswahl stehen. Sie vermehren sich und lassen mich mögliche, katastrophale Zukunftsszenarien sehen.

Wenn ich hier bleibe, bin ich ständiger Brutherd für kleine Seelen. Auch wenn der Anblick der Seelensäulen mich verzückte ... Es immer zu wiederholen, in einer Welt, in der ich mich nicht wohl fühle und es auch nie werde ... Das kann nicht der Sinn für mich sein! Egal ob Mike hier ist! Die Liebe zu ihm war nur ein Kindheitstraum. Sie lässt sich keineswegs auf das Jetzt übertragen, auch wenn seine Augen und seine Seele einen seltsamen Effekt in mir auslösen.

Dann wäre da noch die Frage nach dem ‚was wäre wenn', falls ich das Seelenproduzieren verweigere. Wie meinte Mike seine Worte: „er war nicht mehr der Alte"? Was wurde mit dem Freund gemacht? Würde es schmerzen? Die Schläge gegen die Wand haben mich keineswegs geschmerzt! Aber wenn Mike so große Angst davor hat und derart ausrastet, kann es nur furchtbar gewesen sein. Und ich möchte ihn nicht in etwas hinein ziehen, wofür er nichts kann. Damit schloss ich diese Überlegung ab.

Ebenen wechseln. Ein heikles Thema, mit dem ich mich noch genauer beschäftigen muss. Auch wenn ich nicht genau weiß, mit was genau überhaupt?

Der Mann, der uns am Morgen erlöst, sagt mir nichts darüber. Ich frage jeden, der mir über den

Weg läuft. Entweder lachen sie über den Gedanken, diese schöne Welt zu verlassen, oder sie sehen mich mürrisch an.

Jeden wachen Moment verbringe ich mit nachdenken und lasse die Zeit an mir vorüberziehen. Die stillen Treffen mit Mike – das kurze erfolglose Seelenvermischen. Die drei Tage dazwischen warten und schlafen. Es vergehen gefühlt etliche Monate, ohne jegliche Regung von mir. Nur funktionieren und nachdenken.

Ebenen wechseln. Der Gedanke verfolgt mich und lässt mich nicht los. Aber dann würde ich allein sein!

Auch wenn mir die Zusammenkünfte mit Mike nichts bedeuten, so bin ich nicht allein und kenne wenigstens eine Seele, wenn auch nur vom Namen her. Würde ich in die Ungewissheit gehen, wäre ich ohne ihn.

Und dann meldet sich der große Verlust zu Wort. Ich habe schon Luca und meine Kinder hinter mir gelassen. Bin ohne sie einfach weitergezogen. Ich möchte nicht noch einmal allein sein! Die Erinnerungen an meine Familie schmerzen. Sie zu **verdrängen** hilft mir weiterzudenken.

„Wechselst du mit mir die Ebene", frage ich Mike aus heiterem Himmel, während er nichtsahnend zum Bett läuft.

„Du redest wieder?", fragt er spöttisch und kneift seine Augen zusammen.

„Ich musste denken."

„Und zu welcher Erkenntnis bist du bekommen? Außer das du plötzlich größenwahnsinnig geworden bist?"

„Ich möchte die Ebenen wechseln, aber nicht allein. Bitte komm mit mir!", entgegne ich ehrlich und haue ihn damit buchstäblich um.

Er lässt sich lachend auf die Matratze fallen, so sehr erheitert ihn mein Wunsch. „Warum sollte ich mit dir in eine fragliche Zukunft gehen? Wer weiß, was da lauert? Hier kenne ich mich aus und weiß, was mich erwartet."

„Ist es denn für dich schön? Jeden Tag dasselbe ohne Sinn und Verstand?"

„Ohne Sinn ist es nicht."

„Doch es ist sinnlos!"

„So meinte ich es nicht."

„Wie dann?"

„Du hast nachgedacht und bist für dich weitergekommen, also ist es nicht sinnlos."

„Alles ist sinnlos. Bitte, komm mit mir! Ich habe Angst allein die Ebenen zu wechseln."

„Und ich soll dann für das, das kommen könnte, hinhalten? Warum sollte ich das tun? Du bedeutest mir nichts!"

Seine Ehrlichkeit knallt mir ins Gesicht und schmerzt meine Seele. Sie schubst mich in das Loch der Einsamkeit, von dem ich eigentlich dachte, ich hätte es nicht wegen ihm.

„Versteh doch! Ich würde niemals für eine Frau **hier** etwas machen! Ich bin nur ihr Werkzeug, mehr nicht. Und das ist bei dir genauso!" Sein Blick zermürbt mich. Er merkt sofort, dass ich ihn nie so wahrnahm und verändert seine Gesichtszüge. Um sein korrektes Denken zu unterstützen, suche ich nach den richtigen Worten, um ihm Nachdruck zu verleihen.

„Du bist für mich weder Werkzeug, noch wertvoller Sinn zur Seelenvermehrung. Ich wählte dich wirklich nur, wegen einer dummen Jugendliebe. Ich war sofort hin und weg von deinen Augen – deiner Seele. Und auch wenn es für dich nur Äußerlichkeiten sind, so stimmt das für mich nicht. Aber deine wahren Worte bringen mich wieder auf den Boden der Tatsachen. Entschuldige, dass ich etwas verlangte oder mich in gewisser Weise an dir festhielt. Ich wollte nur nicht allein sein, aber das bin ich und deswegen geh ich jetzt auf die nächste Ebene." Wimmernd drehe ich mich von ihm weg und der Raum verändert sein Aussehen.

Er wird zur kargen Dunkelheit, in der ich mich schon nach meinem Krankenhausaufenthalt befand. Ein riesiger, weiß leuchtender Torbogen erhellt und schmückt die Umgebung ein klein wenig und wartet auf mein Eintreten.

Nach Stärke suchend, wische ich meine Seelentränen aus dem Gesicht und betrete das Tor. Es knistert beim Durchtreten und eine neue Welt eröffnet sich vor meinen Augen.

Dritte Seelenebene

Der Boden reißt unter meinen Füßen weg und lässt mich in der Umgebung schweben. „Bin ich jetzt im Himmel?", frage ich verwirrt, weil ich an so etwas nie glaubte. Himmel, Hölle, Gott.

Inmitten des blauen Himmels schwebend und ohne festen Boden verschwindet mein Halt. *Jetzt besitze ich wirklich gar nichts mehr.* Diese neue seltsame Welt spiegelt genau das auf unheimliche Weise wider.

„Wie soll ich mich bewegen? Etwa Fliegen? Das ist doch auch Blödsinn! Ich wechsle lieber wieder die Ebenen." Genervt versuche ich mich zu drehen, doch ich scheitere an der leichtesten Bewegung.

Schwerelos hänge ich im Raum, zapple vor mich hin und fluche immer lauter. „Wie soll ich hier wegkommen? Hätte ich nur nicht gewechselt und Mike verlassen! Er hatte also Recht! Verdammt!"

Da meine Bewegungen sinnlos sind, gebe ich auf und komme zur Ruhe - zumindest körperlich. In mir dreht sich das Gedankenkarussell und fährt mit meiner Gefühlswelt Achterbahn. „Wie kann ich nur jetzt an Mike denken? Ihm sollten meine Gedanken nicht gelten." Ich spüre, wie ich mit dieser Erkenntnis auch mental zur Ruhe komme.

Keine Wolke trübt meine weite Sicht durch den wunderschönen, azurblauen Himmel. Es ist weit und breit nichts anderes zu sehen. Weder Sonne, noch einen Horizont. Nur diverse blaue Farbtöne, die anmutig miteinander verschmelzen. Ich versinke darin, versuche meine traumatischen Erlebnisse zu bezwingen und bleibe still.

„Jasmin?" Mikes Stimme schallt durch die Atmosphäre und lässt mich aufzucken. „Jasmin? Wo bist du?"

„Oje, jetzt bekomme ich auch noch Halluzinationen", zweifle ich an meinem Geisteszustand und suche die menschenleere Umgebung ab.

„Jasmin?", ertönt erneut seine Stimme.

„Mike", rufe ich und fühle, wie alles wieder in mir aufgewühlt wird. „Mike, wo bist du?" Er antwortet nicht. „Mike?", schreie ich aufgebracht.

Er ist wie ein Strohhalm, an dem ich mich versuche zu klammern. Das muss aufhören!, ermahne ich mich innerlich. Ich nehme mir vor, mir nichts mehr einzubilden und versuche mit aller Kraft in den Ruhezustand zurückzukehren. Es dauert eine ganze Weile, nichtsdestotrotz lohnt es sich. Ich schließe meine Augen und genieße die wiedergefundene Stille.

„Jasmin?", erklingt Mikes Stimme plötzlich verdächtig nah.

„Verdammt Mike!" Verärgert öffne ich die Augen und schreie so laut, wie es ohne Stimmbänder möglich ist. „Was machst du hier?!" Diese heftige Gefühlsdusche lässt mich am ganzen Körper zittern. Er versucht es zu verhindern und drückt sich dicht an mich heran, was es nur noch schlimmer macht. „Geh weg, ich bilde mir dich nur ein! Du kannst nicht hier sein!", mutmaße ich aufgebracht mit bebender Stimme.

„Doch das bin ich. Du batest mich um Hilfe und ich dachte mir, was du kannst, kann ich schon lange. Deswegen bin ich dir hierhin gefolgt."

„Nein, das glaube ich nicht. Du bist nur Einbildung! Warum solltest du mir folgen? Ich bedeute dir nichts."

„Meine Worte waren hart, das weiß ich … So, wie du mich angesehen hast … So hat mich noch nie eine, ohne vorgetäuschte Absichten, angesehen. Du warst fasziniert von meinen Augen - also von meiner Seele, und nicht von dem Typen Mike Krale. Das hat mich ehrlich berührt und ich denke, wir brauchen einen neuen Ausgangspunkt, um uns richtig kennenlernen." Mike lässt mich los und läuft einige Schritte weiter. Es gelingt ihm perfekt, als hätte er nie etwas anderes gemacht, als sich in dieser Schwebe zu bewegen. „Hallo, mein Name ist Mike", lächelt er freundlich und streckt mir seine Hand entgegen.

Überwältigt von alldem gebe ich ihm meine rechte und versuche dieses Mal nicht an seinen Augen festzukleben. Mit viel Willen und guten Vorsatz, schaffe ich diese peinliche Hürde und sehe nach dem funkelnden Grün wieder in das unendlich Blaue.

„Was sollen wir jetzt machen? Wie kommen wir hier weg?", löchere ich ihn sofort mit Fragen.

„Warum sollten wir weggehen? Meine Befürchtungen waren falsch. Hier ist es schön und friedlich leer. Keine Verpflichtungen! Lass uns hierbleiben und uns genauer kennenlernen."

Ich gebe ihm sofort innerlich recht. „Mich machte diese Vorstellung wahnsinnig. Als Nutzlebewesen herhalten zu müssen und kleine Seelen zu erschaffen … wie schrecklich."

Mikes Körper bewegt sich in den Schneidersitz und mit einer Handbewegung weist er mich auf den Platz neben sich.

„Wie machst du das? Ich kann mich nicht einmal drehen!"

„Alles eine Frage der Übung. Setz dich einfach zu mir. Du musst die passenden Bewegungen machen und dann wird es funktionieren."

Seine Worte klingen zu leicht und optimistisch, denn schon ein einfaches Beinheben wird zu einer anstrengenden Probe. Zappeln klappt ohne Schwierigkeiten, aber alles andere ist eine unvorstellbare Problematik.

„Stell dir vor, neben mir ist der Boden und setze dich einfach hin."

„Einfach? Einfach ist etwas anderes." In der endlosen Weite einen Punkt zu finden, auf den ich mich setzen kann, klappt nach vielen, für Mike lustig aussehenden Versuchen doch noch überraschend.

„Siehst du, wenn man etwas wirklich möchte, kann man es erreichen! Nun zum erneuten Kennenlernen. Du hast mir noch gar nicht verraten, wie du heißt?" Sein charmantes Lächeln lenkt mich von seinen Augen ab.

„Ich heiße Jasmin", antworte ich, ohne ins stocken zu geraten.

„Erzähl mir von deinem Leben."

„Ich weiß nicht … Erzähl mir erst von deinem."

„Na gut. Geliebt wuchs ich auf, aber meine Eltern beschützten mich nicht vor dem Showbusiness, sondern schoben mich dort hinein. Das ging solange gut, bis ich an meine früheren Erfolge nicht mehr anknüpfen konnte und meine Freunde mich hintergingen. Ich wurde zusehends depressiv, aber es interessierte niemanden in meiner Familie oder meinem Unfeld, weil ich ja reich und berühmt war. Das schnelle Leben von Mike Krale. Erfolgreich, scheinbar glücklich, von vielen Freunden verraten und plötzlich tot. Wie bist du gestorben?"

Mit einem riesigen Ausmaß an Bewunderung für seine starke Persönlichkeit, überhöre ich mit Absicht seine Frage. „Du hast wirklich viel durchgemacht. Einiges wurde in den Medien vertuscht. Das von deinen Freunden wusste ich nicht."

„Mit einem berühmten Namen hat man nur noch wenige aufrichtige Freunde. Ich hatte keinen mehr, deswegen war es auch leicht für mich mein Leben zu beenden."

„Aber du warst so jung? Du hattest dein ganzes Leben noch vor dir!"

„Das war mir egal. Ich hatte weder Frau, noch Kinder und wollte nur weg ... Es war mir wirklich egal. Wie bist du gestorben?"

Noch einmal fällt mir nichts ein, um ihn von dieser Frage abzulenken. Ich senke meinen Blick und sehe nach unten in die bodenlose, blaue Tiefe. Etwas unwohl wird mir dabei und ich fixiere meine Hände in meinem Schoß um Halt zu finden. „Ich weiß es nicht", entgegne ich zaghaft.

„Du weißt nicht, wie du gestorben bist?", fragt er erstaunt.

„Ehrlich gesagt, habe ich es vergessen. Es tat zu sehr weh. Ich habe es verdrängt."

„Ach so. Ich verstehe", entgegnet Mike feinfühlig und umschließt mich mit seinen Armen. Ein zauberhaftes Prickeln zieht durch mich hindurch. Das kann nur an ihm liegen. Seine Reaktion steckt voller Ehrlichkeit. Das spüre ich sofort und es verstärkt meine Gefühle für ihn.

„Hattest du denn eine Familie?", erkundigt er sich.

Tränen kullern aus meinen Augen, denn das Wort Familie macht mich traurig. „Es ist, als wäre alles gelöscht. Ich weiß es nicht mehr."

„Warst du verheiratet?", hakt er nach und meine Tränen füllen den Himmel mit einem Wolkenmeer.

„Ich weiß es wirklich nicht. Es ist Vergangenheit und es hat keinen Sinn."

Mike fixiert meine Augen und blickt tief in sie. Dabei kann ich seine Seele studieren. Sie ist wundervoll und voller Selbstbewusstsein. Er ist mit sich im reinen und strahlt das auch aus. Nichts und niemand kann ihm etwas anhaben.

„Du hattest eine Familie." Traurigkeit macht sich auf Mikes Gesicht breit, beim sprechen der Worte.

Sie verlieren jegliche Bedeutung. Die Schwerkraft setzt ein und das Nichts, auf dem wir sitzen, entfaltet seine eigentliche Wirkung. Ich klammere mich an Mike und wir fallen.

Mike zieht an mir, als könnte er es stoppen, doch ich reiße ihn erbarmungslos mit in die blaue Tiefe. Kein Ende ist in Sicht und mein panisches Kreischen macht die Situation nicht besser.

„Wir müssen raus aus dieser Ebene!"

Ich nicke Mike zu und er umschließt mich mit einer innigen Umarmung.

Vierte Seelenebene

Die diversen Blautöne des Himmels verwaschen und werden zu einem dunklen Einheitsbrei. Nur ein leuchtendes Tor erhellt die öde, einsame Umgebung.

Zitternd klammere ich mich weiter an Mike. „Danke für deine Hilfe. Ohne dich wäre ich wohl ewig gefallen."

„Kein Problem. Ich helfe dir gerne." Er löst seinen festen Griff, doch ich möchte ihn nicht loslassen. Er schenkt mir die Sicherheit, die ich mehr als nötig habe.

„Wollen wir?" Er zeigt auf das Tor und wir durchqueren es ohne zu zögern.

Von echten Bäumen umgeben, starren wir auf eine denkwürdige Stadt, die sich vor uns erhebt. Sie funkt an jeder Ecke, als würde sie unter Strom stehen. Blitze zischen zwischen den Schlosstürmen und untermauern meine Vermutung. Unsicher sehe ich zu Mike, der meinen Blick still erwidert und dann wieder seine Augen zu den Bauwerken richtet.

Sie sind weiß und durch den feuerfarbenen Himmel setzt sich der Kontrast stark ab. Immer wieder zucken Blitze zwischen den Gebäudegruppen hin und her und verbinden das große Ganze zu einer Einheit.

„Wo sind wir?"

„Ich habe keine Ahnung. Ich sagte dir doch schon in der anderen Ebene, dass ich diesen Schritt allein nie gegangen wäre. Und es gibt kein Zurück. Ich hoffe, diese Ebene ist standfester, als es die vorhergehende war."

„Das hoffe ich auch. Was machen wir jetzt?", frage ich ihn hilfebedürftig.

„Wir könnten uns die Stadt ansehen, aber sie sieht sehr energievoll aus. Das macht mir Angst um ehrlich zu sein. Ich mochte Strom nie sonderlich und war als Mensch prädestiniert dafür, jeden Stromschlag zu bekommen. Wir könnten hier im Wald bleiben. Der sieht schön ruhig aus. Ich war immer sehr naturverbunden, das fehlte mir in den anderen Ebenen. So sieht das Gesamtbild schöner aus - selbst mit der Energie."

Ich bin selig über seine Antwort und lehne mich an einen Baum. Seine hölzerne Rinde erinnert mich an längst vergangene Zeiten. „Als Kind lief ich gern durch den Wald und genoss die Stille."

„Erzähl mir mehr davon." Mike lächelt liebevoll und stellt sich vor mich.

„Viel gibt es darüber nicht zu sagen. Ich hatte einen Hund und ging gern mit ihm spazieren. Die Leichtigkeit verlor sich mit dem Erwachsenwerden. Mein Hund starb und ich hatte keine Zeit mehr für einen neuen. Und dann gab es nur noch Arbeit und Stress und..." Gedankenverloren streichle ich den Stamm des Baumes.

„Und?", hakt Mike nach.

„Ich musste viel arbeiten. Viel zuviel. Es war immer nur Stress und ich hatte zuwenig Zeit für meine ... meine..."

„Familie?", hilft er mir auf die Sprünge.

„Wahrscheinlich – Ich möchte nicht an sie denken", antworte ich traurig. „Ich weiß, dass dort etwas war, aber es ist sinnlos darüber nachzudenken."

„Nichts ist sinnlos."

Ein Schrei unterbricht die Ruhe des Waldes. Es kommt unaufhörlich näher und vermehrt sich zu tausenden unerbittlichen Schreien.

„Was ist das?" Gleichzeitig fragen wir uns und bekommen augenblicklich die Antwort.

An den Bäumen schießen Lichtblitze vorbei und werden begleitet von bewaffneten Menschen. Drohend rennen sie auf uns zu.

„Was wollen wir jetzt machen? Wieder raus aus dieser Ebene?" Angst steht in Mikes Augen geschrieben.

„Raus aus dieser Ebene!", schreie ich. Wir drehen uns weg von ihnen und die Natur entschwindet. Die karge Einöde hat uns wieder und ein neues majestätisches Tor erhebt sich vor uns. „Was passiert hier? Warum geschieht es?" Geschockt lasse ich mich zu Boden fallen.

„Ihr müsst weiter!", höre ich die donnernde Stimme des Torwächters, der mir noch zu Beginn freundlich entgegen trat.

„Nein, ich möchte nicht mehr. Mike bitte helfe mir!" Flehend sehe ich ihn an.

„Du bist noch nicht bereit. Eins noch." Er zieht mich zu sich hoch und betritt mit mir – Hand in Hand – das Tor.

„Wie meinst du das?" Meine Frage bleibt unbeantwortet und ich vergesse sie schnell, nach dem wir in der nächsten Welt auftauchen.

Fünfte Seelenebene

„Ist das ein Schiff?"

„Nein, es sieht eher nach einem Flugzeug aus."

„Warum schwimmt ein Flugzeug auf dem Wasser?" Fragend sehe ich mich um. Eine kleine Sandinsel schimmert aus der blauen Masse hervor und wird zum rettenden Anker für mich. Die Unendlichkeit des Wassers droht mich zu verschlingen, wie schon zuvor der Himmel.

Mike zeigt auf eine offene Luke am Flugzeug und erkundet sie genauer. Sie steht voller Wasser. Er springt in sie hinein und deutet mir mit einer Handbewegung an, ihm zu folgen. Ich halte mir gewohnheitsmäßig die Nase zu und tue es ihm gleich.

Ein grauenhaftes Bild bietet sich uns im Innenleben. Die Passagiere sitzen auf ihren Plätzen und sehen verwirrt durch die von Algen behangenden Fenster. Eine Frau wiegt ihr schlafendes Baby.

„Wir müssen sie retten!", steigt es mir sofort in den Kopf und ich beginne an den Leuten ganz vorn zu ziehen. Sie lösen sich schwerfällig von ihren Plätzen und treiben mir hinterher. Ich lege sie auf der Insel ab, an der das Flugzeug strandet und lasse sie die rettende Luft atmen.

Wieder zurück im Flugzeug wiederholt sich die Prozedur. Mike und ich holen viele ins Sonnenlicht hinauf, bis meine Kräfte es nicht mehr zulassen. Ausgezerrt setze ich mich neben die Frau, deren Baby nicht mehr schläft, sondern aufgeregt die Umgebung beobachtet.

„Schön, dass es ihnen gut geht. Wir müssen einen Arzt rufen. Wie stellen wir das an?"

„Wozu?", fragt Mike, der ebenfalls kurz neben uns verschnauft.

„Sie brauchen Hilfe!"

„Nein."

„Auch wenn sie Glück hatten und das Flugzeug heil im Wasser landete, sollte ein Arzt sie untersuchen. Weißt du das nicht?"

„Nein, sie brauchen keinen Arzt. Sie sind doch schon tot."

„Was? Wie? Aber..." Mein Satz erstickt im Keim und mir wird das wahre Ausmaß bewusst. „Ich - rette - hier - keine - Überlebenden? Sie sind alle schon tot? Aber sie wirken so lebendig?!"

„Weil sie es sind. Es sind ihre Seelen, die wir retten. Ruhe dich aus, ich hole die restlichen aus dem Wrack."

„Wieso?"

„Weil es sonst keiner macht und sie dann vermutlich noch lange dort sitzen würden." Mike verschwindet im Flugzeug und spielt den unscheinbaren Retter.

Die Hände eines Mannes berühren mich und lassen mich zusammenzucken. „Danke", lächelt er, erhebt sich und läuft los. Ich beobachte seinen unwirklichen, sicheren Gang und er löst sich vor dem Wasser auf.

„Wo ist er jetzt?"

Mike beantwortet mir im Schlepptau mit mehreren Passagieren die Frage. „Er wird zu seiner Familie gehen oder weiterziehen."

„Seine F-a-m-i-l-i-e." Nur schwer geht mir dieses Wort über die Lippen. Erinnerungen brodeln in mir und wollen wie heißes Wasser aufsteigen, doch ich hindere sie daran und spüre mein Leid.

„Es sind alle draußen. Niemand benötigt mehr unsere Hilfe, wir sollten gehen."

„Wohin?", frage ich Mike, stehe auf und drehe mich weinend. Der Horizont ist von Wasser umspült und mein rettender Anker löst sich in Luft auf. Ich fühle wie der Boden unter meinen Füßen zu zerbrechen beginnt.

Mike nimmt mich in seine Arme und wir stehen an dem dunklen Ort.

Seelenpfad

Vor dem nächsten gleißenden Tor, das sich vor uns erhebt bleiben wir stumm und sehen uns tief in die Augen. Sein Blick spiegelt jenes wider, das ich fühle. Ich mag durch kein weiteres Tor mehr gehen. Keine Seelenebene wird mich jemals wieder sehen.

Ich will nur noch weg. Weg in mein normales Leben. Ich will nicht tot sein - keine Seele sein. Ich will leben! Traurig bleiben meine Augen an ihn haften. Sanft berührt er meine Wangen und lässt mich dadurch die Liebe spüren, die ich in diesem Moment brauche. **Den Halt!**

Er schenkt ihn mir unerbittlich. „Ich gehe hier nicht mehr weiter", festigt sich meine innere Meinung und lässt ihn sporadisch menschlich aufatmen. „Ich empfinde viel für dich", gestehe ich ihm meine Gefühle.

Er erwidert mein Lächeln und blickt mich argwöhnisch an. Das beunruhigt mich. „Ich weiß nicht, wie ich es dir erklären soll. Du verlagerst deine Gefühle. Lass uns Freunde bleiben und das meine ich nicht dämlich menschlich, sondern seelisch! Uns verbindet ein enges Freundschaftsband. Du denkst, dass es Liebe ist, weil es sich für dich so mächtig anfühlt. Vergleiche es mit einer starken Kette, die nie zerbrechen kann!"

Bekümmert sehe ich ihn an, denn das war nicht die Gefühlsbekundung, die ich von ihm hören wollte. Er streichelt mein Gesicht weiter und küsst meine Stirn.

„Was wollt ihr hier!?" Eine tiefe Stimme lässt uns schlagartig aufspringen und in die Verteidigungsposition gehen. Der altbekannte Torwächter baut sich meterhoch vor uns auf und wiederholt mit einem Donnergrollen seine Worte.

Mike stellt sich schützend vor mich und versucht ebenfalls größer zu wirken, doch gelingt ihm das nur bedingt.

„Warum seid ihr **HIER**?", brüllt er uns entgegen und lässt unsere braunen Haare fliegen.

„Wir wollen nicht weitergehen", antworten wir zaghaft gemeinsam.

„Aber das müsst ihr. Dies ist keine Zwischenwelt, in der ihr verweilen dürft. VERSCHWINDET!", raunt er und haut mit einer riesigen Keule so fest auf den Boden, das er sich an dieser Stelle destabilisiert. Er reißt auf und lässt rotes Licht durch.

„Geht durch das Tor!", flucht er, läuft um uns herum und verleiht dem ganzen mit seiner mächtigen Keule immer wieder Nachdruck.

Der Boden um uns herum zerbricht und lässt einen glühenden See entstehen. Nur ein schmaler Pfad verbindet uns noch mit dem rettenden Tor, aber alles in mir weigert sich dort durchzugehen. Auch Mike macht dazu keinen Anstalten.

Das alles zerstörende Ungetüm postiert sich hinter uns und weist uns dem Weg zum Tor. Schon allein der Gedanke, was uns dahinter erwarten könnte, beflügelt meine Phantasie. Schnörklige Kreaturen, finstere Drachen, der Abt des Bösen - es kann nur negativ werden. Das fühle ich ganz genau.

„Es muss ein Ende haben", schluchze ich und errege kurz Mitleid bei dem Keulenmonster.

„Das kann es", sagt er ungewöhnlich nett.

„Ich weiß, das Tor, aber das möchte ich nicht mehr!" Mike dreht sich zu mir und seine Augen funkeln schillernd grün. „Was können wir tun?", frage ich ihn hilfesuchend.

„Möchtest du wirklich etwas anderes? Das hier verlassen?"

„Ja! Aber die Angst lähmt mich. Funktioniert es auch anders?"

„Schließ deine Augen und wünsche es dir." Die Farbqualität seiner Augen verbessert sich stetig und lässt mich darin versinken. Ich höre auf seinen Rat und sein Antlitz wird kleiner und verschwindet beim Schließen meiner Augenlider.

An was soll ich denken? Dieses ganze Gedenke macht mich wahnsinnig! Ich möchte es nicht mehr! Also lösche ich alle Gedanken und merze jeden neuen aus, der aufblühen möchte. Stille durchzieht mich. Wundersame, farblose, friedliche Ruhe. Sie besetzt jeden Millimeter von mir und macht mich schwer.

Unmöglich ist ein Stehen in diesem Zustand und ich gleite sanft zu Boden. Der weiche Erdboden zieht sich wie eine wohlige Hülle um mich. Leicht kitzelt er meine Haut und streichelt durch mein Haar.

Ein Verlangen, die Augen zu öffnen, kocht in mir hoch und beim Ausüben verschwinden alle positiven Gefühle. Schlagartig ist dort nur noch Schmerz und Trauer.

***

„Warum bin ich wieder hier?", schluchze ich, denn ich erkenne sofort dieses Zimmer. Die weißen, sterilen Krankenhauswände sind makellos rein. Sie verschwimmen vor meinen weinenden Augen und auch Mikes Gesicht verliert an Schärfe. „Ich möchte hier doch nicht mehr sein!" Mein klagendes Jammern erfüllt den ganzen Raum.

„Aber das ist die richtige Lösung! Der richtige Seelenpfad! Deine Seele muss es sehen und miterleben, dir fehlt sonst diese Erfahrung."

„Ich möchte nicht tot sein und ich möchte auch nicht dabei zusehen. Weder wie ich sterbe, noch wie meine Familie leidet." In dem Moment, als ich die Worte sage, spüre ich, dass ich noch nicht komplett tot bin. „Mein Herz hat noch nicht versagt, nur mein Gehirn hat seinen Dienst aufgegeben."

„Du wirst sterben, egal ob du es möchtest oder nicht. Es gibt keinen Rückweg, wie bei **deinen** Seelenebenen!" Mike streicht die Tränen weg und hält mich fest im Arm.

„Meine Seelenebenen?", frage ich leise.

„Ja es waren deine. Wir bauen sie nur selbst, um der Gewissheit zu entfliehen. Das machen die Menschen in vielen Lebenslagen, aber deine ist die häufigste. Dadurch gewinnt die Seele die heilende Zeit, die sie benötigt, und deine ist jetzt dafür bereit. Die Ebenen spiegelten jenes wider. Deine Ängste, sowie deine Träume und Wünsche."

„Dann war alles von mir nur ausgedacht?"

Er nickt.

„Dann bist du auch nicht echt?", frage ich verzweifelt und wische mir vergeblich die Tränen aus den Augen.

„Ja."

„Warum verschwindest du dann nicht? Nun, wo ich weiß, das du nicht echt bist!" Meine Sorgen drohen mich zu erschlagen und ich spüre, wie die Wut in mir hoch kocht. Ich bin nur noch sauer auf mich. „Verschwinde! Ich habe keine Zeit für erdachtest, hier sind genug Probleme für mich", schreie ich aufbrausend.

„Ich bin nicht echt", wiederholt mein selbst erschaffener Hilfsbegleiter. „Aber er." Sein Blick schweift an mir vorbei und ein letztes Mal lächelt er mich liebevoll an und verschwindet für immer.

„Ja, ich weiß! Luca ist echt! Meine trauernden Kinder hinter mir sind real. Verdammt, was mache ich jetzt nur?"

Ich will mich nicht umdrehen, denn ich weiß, dass hinter meinem Rücken der Tod sein Unwesen treibt. Alles dort ist ECHT! Ich möchte meiner Familie nicht dabei zusehen, wie sie reagieren, wenn ich meinen letzten Atemzug vollziehe. Ohne sie berühren zu können, zu trösten, ihnen beizustehen – allein – auf dieser Seite. Die Zeit steht still und der Arzt, der zur Tür hereinkommen will, hält sie immer noch halb geöffnet.

„Ich muss mutig sein", ermahne ich mich. „Ich muss es einfach", weine ich in mich hinein, schließe die Augen und drehe mich zu meinen Liebsten.

„Öffne deine Augen", fordert eine vertraute Stimme.

„Was machst du noch hier?", frage ich hoffnungslos. „Du bist doch gerade verschwunden. Warum fange ich wieder an, mir dich einzubilden? DU BIST NICHT ECHT!"

„Doch das bin ich. Das sagte mein Abbild doch und hättest du sofort seinem Blick gefolgt, hättest du mich gesehen und auch noch ihn."

„Warum soll ich das glauben? Wieso solltest DU wirklich bei mir sein?"

„Du brauchst Unterstützung und die möchte ich dir gern geben. Ich habe gesehen, was wir zusammen durchgestanden haben. Auch wenn es nur deine

Einbildung war, so war ich doch dabei. Ich habe mich öfters mal eingeklinkt."

„Ab wann?", frage ich peinlich berührt und mein Gesicht wäre nun normalerweise feuerrot. *Zum Glück gibt es dieses Emotionsmerkmal nicht mehr.*

„Eigentlich schon zu Beginn, als du den Ordner geöffnet hast und dein Blick an meinen Augen klebte. Ich spürte, wie sehr jemand an mich denkt und wollte nachsehen, wer. Das war besser als ein Film und da mich der Tod öfters mal langweilt, fand ich deine Geschichte spannender. Bist du jetzt bereit für deinen Tod?" Die wunderschönen, grünen, ECHTEN Augen von Mike durchbohren mich und schenken mir die Kraft, die ich brauche, um die nächsten Momente durchzustehen.

Der Arzt betritt den Raum, läuft an uns vorbei und legt seine Hand auf die Schulter von Luca. „Wir können nichts mehr für sie tun."

„Haben Sie überhaupt etwas für mich getan?", frage ich plump.

„Es war ein Wunder, dass du es überhaupt noch bis ins Krankenhaus geschafft hast und nicht beim Aufprall sofort an Genickbruch gestorben bist."

„Das wäre besser gewesen. Dann wäre mir diese Szene hier erspart geblieben."

Meine Kinder streicheln mein geschwollenes, verletztes Gesicht und weinen unentwegt. Der letzte Atemzug erfolgt und ich werde für TOD erklärt.

„Ich kann das nicht", wimmere ich und verliere mich in der Trauer. „Ich möchte nicht sterben und meine Familie verlassen."

„Aber das bist du schon und nun musst du die letzten Schritte mit ihnen gehen. Dann kannst du diesen Leben abschließen und weiterziehen."

„Bin ich das nicht schon? Es kommt mir vor, als wären Monate mit den Seelenebenen vergangen. Ich wollte nicht mehr an dieses Leben denken, sondern nur noch an uns beide." Beim sprechen der letzten zwei Worte, merke ich, wie absurd sie sind. „Es gibt kein uns beide", flüstere ich. „Ich habe dich gerufen, das wollte ich nicht. Ich dachte, ich hätte mein Leben schon abgeschlossen, weil ich an uns festhielt. Aber ... das war ja nicht echt. Du warst es nicht ... deine Gefühle waren es nicht. Du solltest lieber doch gehen." Mein Gesicht versinkt jammernd in meinen Händen und der Schmerz des Verlustes wird immer größer. Meine Familie unnahbar - und Mike?

„Meine Gefühle sind echt! Uns verbindet eine tiefe Freundschaft. Ich stehe dir bei und was nach der Beerdigung geschieht, entscheiden wir dann. Erledige Schritt für Schritt. Konzentriere dich auf dieses Leben, du brauchst die Kraft!"

Seine Worte, nachdem er Beerdigung ausspracht prallen an mir ab und machen mich noch trostloser. „Ich gehe nicht zu meiner Beerdigung! NIEMALS!"

„Warte ab, das sagte ich bei meiner eigenen damals auch. Aber es gehört dazu! Das wirst du spüren. Komm, wir gehen auf den Friedhof und warten auf deine Familie."

„Nein ich will nicht!"

„Auf welchem Friedhof wirst du begraben?"

Ich möchte nichts mehr von ihm hören, rutsche an der blassen Krankenzimmerwand herunter und bleibe als kümmerliches Häufchen dort sitzen. Nie wieder mache ich nur einen Schritt!

Diesen Vorsatz halt ich ein.

Ich bewege mich nicht - höre nichts - ruhe still in mir und lass die Zeit vergehen. Auch als es an mir ruckelt und mich jemand hochzieht, halte ich mich verschlossen. Doch das Schleifen meiner Fußsohlen über den Boden stört und weckt mich aus dem Seelen-Notschlaf.

„Lass das!" Ich winde mich aus dem Fesselgriff und entfliehe Mikes Händen. „Warum machst du das?"

„Weil du Hilfe brauchst und ich sie dir geben kann. Dort vorn ist der Friedhof, geh die letzten Schritte allein!"

„Woher willst du wissen, dass es dieser ist? Es gibt viele Friedhöfe in der Stadt."

„Ich habe bei deinen Angehörigen gelauscht. In sechs Tagen findet deine Beisetzung statt. Du bekommst nicht mal einen Sarg, auf den wir tanzen könnten, sondern nur eine winzige Urne. Dabei habe ich mich schon so sehr auf einen Tanz mit dir gefreut. Auf meiner Beerdigung musste ich allein feiern."

„Bist du verrückt?", frage ich ihn ernsthaft, doch so lange er seine Antwort mit einem Dauergrinsen hinauszögert, verliert sich meine Fassungslosigkeit über seine, in meinen Augen, respektlosen Worte.

„Meine Gründe zum Sterben waren andere, als deine. Ich wählte den Freitod und ging daher auch anders mit meiner Beerdigung um. Es war für mich eine Erlösung."

„Du erzähltes mir schon einmal davon. Damals im Himmel. Es kommt mir schon so lange vor, als wir dort waren. Und nun? Jetzt sind wir hier. Ich kann es immer noch nicht glauben. Es ist unfassbar!"

Wir gehen durch das große, schwarze Eisentor und laufen zu der kleinen Kapelle, die dort umzingelt von farbenfrohen Blumen steht. Als wir sie betreten, ist sie leer und dunkel. Zusammen setzen wir uns in die letzte Reihe und sehen nach vorn, zu dem Altar.

„Wie können so wenige Sekunden mein Leben zerstören? Es waren ja nicht mal Sekunden. Eigentlich nur ein Bruchteil einer Sekunde. Warum war meine Entscheidung falsch? Die Fußgängerampel war doch noch grün?"

„Ja das war sie. Möchtest du es dir noch einmal ansehen?"

„Funktioniert das?"

„Die Zeit ist geschrieben. Du kannst beliebig zwischen ihr hin und her springen."

„Kann ich es dann ungeschehen machen?"

„Die Zeit ist geschrieben", wiederholt er leise.

Ich überlege eine ganze Zeit und wäge die Vor- und Nachteile ab. Letztendlich entscheide mich dagegen. „Ich möchte nicht das Gesicht meiner Kinder sehen. Meine arme Tochter. Wie muss sie sich dabei fühlen? Es war ihr Lieblingskuscheltier. Sie hätte geweint, wenn sie es nicht mehr gehabt hätte. Und jetzt? Hat sie ihre Mutter verloren! Ich hoffe, sie hat deswegen keine Schuldgefühle." Erneut verliere ich mich in einem Tränenmeer. Der Gedanke, wie es meiner Clara dabei gehen muss, tut unendlich weh. Mike umarmt mich und schenkt mir erneut den notwendigen Halt.

„Du hattest keine Chance. Das Auto fuhr zu schnell und über rot."

„Aber es waren nur Sekunden? Alles zerstört!"

„Es hat nichts zerstört. Es ist nur verändert."

„Du bist mir in vielerlei Hinsicht voraus. Danke, dass du bei mir bist. Allein würde ich das nicht durchstehen."

„Ich helfe dir gern. Hauptsache wir müssen nicht wieder auf deine Seelenebenen." Aufheiternd lacht er und streichelt meinen Rücken. „Ich wollte partout nicht die Ebenen wechseln, weil ich Angst hatte, was du dir noch einfallen lässt."

„Das tut mir wirklich leid."

Mikes Lächeln zaubert meine Schuldgefühle weg und ich kuschle mich noch dichter an ihn heran.

„Fand deine Beerdigung auch in einer Kapelle statt?"

„Ja, sie war aber viel größer. Als alles für meine Beerdigung aufgebaut wurde, tanzte ich auf meinem Sarg. Ich war froh, nicht mehr in diesem Leben festzustecken. Es war furchtbar. Nur so, konnte ich der Spirale entfliehen."

„Aber du warst reich und berühmt? Ich dachte immer, Geld macht glücklich, zumindest sorgenfreier. Man kann sich alle Wünsche erfüllen."

„Das mag sein, aber berühmt zu sein hat viele Schattenseiten. Wie ich dir damals schon erzählte, konnte ich niemand mehr vertrauen und sah in jedem Freund einen Verräter. Die Spirale dreht sich bei Erfolg und sie dreht sich noch schneller bei Misserfolge. Ich war so glücklich, nicht mehr ein Teil davon zu sein und feierte ausgelassen, bis meine Eltern dazukamen. Sie waren traurig und es war meine Schuld. Das Gesicht meiner Mutter werde ich nie vergessen! Es dauerte Menschenjahre, bis ich die Schuld überwand, in dem ich sie akzeptierte. Deswegen … selbst wenn deine Tochter sich schuldig fühlt, so darfst du dich damit nicht belasten! Niemand trägt die Schuld daran. Deine Tochter und der Autofahrer müssen mit dieser Tatsache weiterleben. Und ich kann dir sagen, dass es auch für **ihn** nicht leicht ist. Fehler macht jeder. Eile macht unaufmerksam. Ein hässliches Delikt dieser schnelllebigen Welt."

„Der Fahrer. Komisch, an ihn habe ich noch gar nicht gedacht. Welche Gründe er wohl dafür hatte?"

„Es war Zeitdruck."

„Der Grund ist lächerlich."

„Für dich ja. Für ihn, dessen Job sehr wichtig ist und er seinen Boss nicht verärgern wollte, um seiner hochschwangeren Frau einen besseren Lebensstandard zu geben, war er es nicht."

„Wie fühlen sie sich jetzt?"

„Das ist egal. Es gehört nicht zu dir. Es wären nur zusätzliche, unnötige Belastungen."

„Ja wahrscheinlich."

„Nicht wahrscheinlich, es ist so! Quäle dich nicht selbst."

Ich schließe die Augen und denke über seine Worte nach. Wie immer, hat er Recht. In eine Tiefenentspannung verfallend, tanke ich neue Kraft.

„Jasmin. Jasmin." Mikes Stimme und ein streicheln über meine Haare lassen mich aufwachen.

„Oh nein." Neben mir sitzt meine Tante Edna und schnäuzt in ein zerfledertes Taschentuch. „Meine Beerdigung?", frage ich vorsichtig.

„Ja" Mike zieht mich zu sich hoch. Mein Blick schweift rasend durch die, mit Menschen gefüllte, Kapelle. „Sie sind nur für dich gekommen."

„Das macht es nicht besser. Ich möchte es nicht. Lass uns gehen." Ich zerre an Mike, doch er macht keine Anstalten. Meinen darauffolgenden Fluchtversuch verhindert er und schleift mich durch den Gang hinter sich her. „Du Vollidiot! Ich möchte das nicht! Lass mich los!"

„Jasmin bitte!" Er zieht mich hoch und blickt ernst drein. „Vertrau mir!"

„Nein! Da vorn sind Luca, Clara, Sören und Lars. Ich will sie nicht sehen!"

„Bitte! Ich will dich nicht weiter herum schleifen."

„Dann hör auf es zu erzwingen und lass mich los!"

„Nein!"

Die Menschen erheben sich und blicken auf die Türen der Kapelle. Ein Mann tritt ein und trägt eine blaue Urne. Bewegungsunfähig starre ich auf diese kleine Vase. Sie wird an uns vorbeigetragen und auf dem blumengeschmückten Altar abgestellt.

„Weiße Lilien. Die liebe ich über alles. Warum ... Mike?" Er hat seinen Blick auf den Eingang gerichtet. Durch ihn laufen Luca und Clara, gefolgt von Sören und Lars, die an ihren Händen meine Eltern halten. „Sie waren noch gar nicht hier? Oh mein Gott."

Ich bin nur noch fassungslos. Wir hindern sie nicht am gehen und sie setzen sich in die erste Reihe. Mit ihrem Aufeinandertreffen verliere ich die Abneigung dort zu sein. Langsam laufe ich zu ihnen und der Redner beginnt mit seiner Rede.

„Ihr seit so tapfer." Ihre Augen sind zwar vom weinen gerötet, doch sie verlieren nicht ihre Fassung, so wie ich es tat. Lars kuschelt sich bei meiner Mutter ein und Luca sitzt zwischen Clara und Sören. Er hält beide fest und streichelt sie. „Ich beneide dich dafür. Wie gern würde ich euch streicheln."

„Dann mach es." Mike hält sich wahrlich im Hintergrund und sitzt in der letzten Reihe neben Tante Edna. Sichtlich aufmerksam lauscht er meiner Ehrenrede. Auch wenn ich nicht daran glaube, berühre ich Clara. Ich fühle sie auf einer anderen Art. Nicht menschlich. Ich streichle nicht ihre Haut, sondern ihre Seele. „Bitte habe keine Schuldgefühle." Tränen laufen aus meinen Augen und fallen auf ihren Arm. Ich fühle mich ihr so nahe, doch dann streicht sie die Tränen weg.

„Fühlt sie sie?", frage ich aufgebracht und die Hoffnung steigt in mir auf.

„Vielleicht", erwidert Mike.

Weitere Tränen berühren Clara, doch diese wischt sie nicht weg. „Es war wohl nur Zufall."

„Wer weiß. Möglich ist vieles."

Ich sehe von Gesicht zu Gesicht meiner großen Familie. Sie alle stehen unter Schock und fühlen ähnlich wie ich. Nur das ich im Vorteil bin. Ich stehe bei ihnen und sie haben kein Wissen davon. Sie trauern um mich, obwohl ich bei ihnen bin. Das ist sehr makaber. Ich beobachte das letzte Schauspiel. Meine Asche wird zu einem Loch getragen und darin versenkt. Alles, was ich war, ist nun verschwunden. Da sind nur noch die Erinnerungen, die meine Familie in sich trägt.

Ich folge ihnen in das Restaurant, in dem Luca und ich unsere Hochzeit feierten. Dieses Mal ist keinem nach feiern zumute. Meine Familie und Freunde sitzen ungläubig beieinander und versuchen gegenseitig Trost zu spenden und Kraft zu sammeln.

„Diesen Leichenschmaus hätten sie auch bleiben lassen können. Bestimmt drängten Lucas Eltern dazu. Und wie geht es jetzt weiter?" Mike wich die ganze Zeit nicht von meiner Seite.

„Das kannst du selbst entscheiden. Zwei Möglichkeiten stehen dir offen. Entweder bleibst du hier bei deiner Familie und nimmst passiv an ihren Leben teil oder du gehst in dein wahres Seelen-Dasein, allerdings vorübergehend ohne sie."

„Ich weiß nicht, wie ich mich entscheiden soll", sage ich ratlos.

„Bitte bau dir als Ausweg nicht wieder eine Ebene, die wäre keine Lösung", scherzt er mit ein wenig Angst in der Stimme.

„Nein, ich weiß", schmunzle ich und verpasse ihn einen typischen Seitenhieb.

„Höre in dich hinein, womit du besser leben kannst. Du kannst dich jederzeit umentscheiden."

Nachdenklich nickend sehe ich in seine grünen Funkelaugen. „Werde ich dich wieder sehen, wenn ich mich für diese Möglichkeit entscheide?"

„Natürlich. Ruf mich – Denk an mich und ich bin da. Wir sind tief miteinander verbunden."

„Das ist ein beruhigendes Gefühl."

„Da hast du Recht", lächelt Mike, streichelt zärtlich meine Wange und gibt mir einen Kuss auf die Stirn. „Ich gehe jetzt. Wenn etwas sein sollte, bin ich sofort bei dir."

„Okay." Mit diesem Wort bewegt sich seine Seele von mir fort und lässt mich zurück im Kreis meiner Liebsten.

Es ist ein merkwürdig, zweiseitiges Gefühl. Einerseits den normalen, gewohnten Umgang mit Mike und anderseits meinen Ehemann zu sehen, wie er um mich trauert. Ich vermisse ihn genauso. Doch weiß ich mit absoluter Genauigkeit, dass wir uns bald wieder sehen. Dieses Wissen gibt mir Mut und den brauche ich, weil die Trauerfeierlichkeiten sich dem Ende neigen und meine Kinder mit Luca zurück in unser Haus gehen. Mit ihnen über die Türschwelle zu gehen, fühlt sich an, als hätte ich das schon ewig nicht mehr gemacht. Durch die Seelenebenen verging für mich viel heilende Zeit – auch wenn sie chaotisch war – und dabei ist es eigentlich erst wenige Menschentage her, wo ich es noch komplett als Jasmin vollführte.

Die Kinder gehen weinend in ihre Zimmer und ich folge Lars. Er wirft die Tür vor mir zu und ich laufe weiter - zu ihm. Eine verrückte Tatsache, an die ich mich erst noch gewöhnen muss.

„Alles gut mein kleiner Engel", versuche ich Trost zu spenden, doch die Worte erreichen meinen Kleinen nicht. Wimmernd liegt er im Bett und schläft zum Glück schnell ein. Ich streichle über sein Haar und gebe ihn einen Gute-Nacht-Kuss - wie zu Lebzeiten.

Dann laufe ich durch die Wand und stehe im Zimmer von Clara. Sie sitzt auf dem Bett und starrt ins Leere. Die laute Musik ist durch ihre Kopfhörer gut zu hören und bringt sie hoffentlich auf andere Gedanken.

Ich berühre ihre Hand, doch ihr Blick bleibt weiterhin bewegungslos und ohne Ziel. Es gibt keine Chance sie zu erreichen, also laufe ich durch die Tür, den Flur entlang in Sörens Zimmer.

Mein Großer sitzt am Computer und chattet mit seinen Freunden. Nebenbei spielt er sein Lieblingsspiel auf dem Handy und wirkt dadurch entspannt.

Also nehme ich den schwersten Teil in Angriff und laufe ins Wohnzimmer zu Luca. Er sitzt teilnahmslos auf unserer schwarzen Couch und sieht auf unser Hochzeitsbild, das auf dem Kaminsims steht. „Das war ein schöner Tag", stelle ich umgehend fest und schwelge in den glücklichen Erinnerungen.

Kuschelnd rücke ich dicht an ihn heran und fühle seinen Herzschlag. Er wird immer schneller und während ich weiter an unseren wundervollen Tag denke und die Nähe zu Luca genieße, bricht bei ihm die ganze Trauer heraus.

Sein anfängliches Schluchzen verwandelt sich in lautes Weinen und erreicht eine Grenze, die ich bei ihm noch nie erlebte. Er kann kaum Atmen und japst halb schreiend.

„Bitte beruhige dich", schreie ich, um seine furchtbar klingenden Geräusche zu übertönen. „Ich bin doch noch da!", versuche ich sein Leid zu mindern.

Es ist erfolglos, sowie zuvor bei meinen Kindern. Tatenlos muss ich mir ansehen, wie der Schmerz Luca überrennt.

Keiner kümmert sich um ihn und ich würde es so gern und versuche ihn zu halten.

Er greift zu der Flasche Schnaps, die ein Geschenk seiner Eltern war. Ewig stand sie im Schrank, weil wir Alkohol kaum anrührten. Glas für Glas schüttet er in sich hinein und kommt langsam zur Ruhe.

Ich bleibe bei ihm und streichle ihn die gesamte Nacht, bis unser kleiner Junge ihn morgens weckt.

„Ein neuer Tag - ein Neubeginn", begrüße ich beide optimistisch. Lars nimmt ihn in den Arm, doch Luca ist durch den ganzen Alkohol benebelt und bekommt kaum etwas mit.

„Ich habe Hunger."

„Dann mach dir was!", zischt er ihm unfreundlich entgegen.

„Aber Papa", fragt er traurig, weil er diese Art von ihm überhaupt nicht kennt.

„Verschwinde und lass mich schlafen!" Das sind Lucas Worte. Er dreht sich auf der Couch um und Lars rennt tränenüberströmt zu seiner Schwester.

Sie steht auf, wenn auch nicht gerade erfreut, und schmiert ihn ein Brot. Er isst es in ihrem Zimmer, weil er nicht allein sein möchte und bleibt den ganzen Tag bei ihr. Luca rührt sich nicht und ich überprüfe ständig ob er noch atmet.

Es ist Montag und meine Mutter kommt vorbei, um die Kinder zur Schule und in den Kindergarten zu bringen. „Hast du heute frei?", fragt sie Luca, der es endlich geschafft hat, aufzustehen.

„Ich werde mich weiterhin krank schreiben lassen."

„Aber du sagtest doch die Ablenkung würde dir gut tun?"

„Ich habe mich anders entschieden", meint Luca und schließt die Tür hinter ihnen. Sein Blick fällt auf unser Hochzeitsfoto. Er läuft zu ihm, küsst meinen Mund und stellt es weinend zurück auf den Kamin.

„Ich vermisse dich", schluchzt er. „Wie soll ich das alles ohne dich schaffen?"

„Du schaffst das", ermutige ich ihn und es tut mir weh, dass ich ihm nicht helfen kann. Unentwegt streichle ich durch sein Haar und versuche ihn dadurch zu erreichen. „Ich vermisse dich so sehr."

Er dreht sich weg, nimmt die Flasche Schnaps und trinkt den spärlichen Rest. Dann zieht er sich an und verlässt das Haus.

„Das ist gut, frische Luft ist immer toll", freue ich mich und laufe neben ihm her zum Supermarkt. In seinem Einkaufswagen landen nur viele Flaschen Alkohol und läuten eine alptraumhafte Odyssee ein.

Fassungslos beobachte ich ihn, wie er Tag für Tag vertrinkt. Meine Mutter kümmert sich währenddessen rührend um unsere Kinder – immer mit einem skeptischen Blick auf Luca.

Ich folge ihr eines Abends und lausche dem Gespräch mit meinem Vater.

„Er bekommt ein Alkoholproblem", sorgt sich meine Mutter.

„Er trauert!", ist der Standpunkt meines Vaters. Sie diskutieren und rücken beide nicht von ihren getrennten Meinungen ab. Am nächsten Morgen gehe ich mir ihr und meinen Kindern jenen Weg, auf dem ich mein Leben verlor. An der besagten Ampel liegen Blumen und der gelbe Kuschelelefant hängt umwickelt am Pfahl. Er hat kaum etwas vom Unfall abbekommen. Mit Tränen in den Augen bleibe ich an dieser Stelle stehen und auch meine Kinder schauen weinend zurück.

Es ist unfassbar, das ein kurzer Moment – eine kleine falsche Sekunde – soviel verändern kann. Vorsichtig berühre ich den Elefant und lasse meinen Tränen freien Lauf. Ich lasse zu, dass meine Seele diesen Schmerz spürt. Diese Unbedarftheit, die ich bei meiner damaligen Entscheidung besaß, und die mich und meine Familie ins Verderben stürzte.

Mit jeder Seelenträne, die mich verlässt, verschwindet auch mein Verlangen, dort weiter zu stehen und ich gehe zurück zu Luca.

Jeden Tag derselbe Anblick. Er sitzt auf dem Sofa, starrt auf unser Foto und schüttet den Alkohol in sich rein. „Verdammt Luca!", schreie ich das Ziel nicht erreichend.

„Luca, bitte! Unsere Kinder brauchen dich! Sie dürfen dich nicht auch noch verlieren!"

Die Zeit zieht ins Land und das Trinken verändert Luca zusehends. Optisch, wie auch charakterlich. Der liebevolle Familienvater, der mir soviel bedeutete, weil er es immer für unsere Kinder war und den sie jetzt mehr als dringend bräuchten, ist verschwunden. Er ist mit mir gestorben.

Diese Erkenntnis erfüllt mich mit Traurigkeit und auch Sören hat dies bemerkt und sucht den Anschluss zu seinem Vater. Lieb redet er mit ihm und versucht ihm vorsichtig auf seinen Alkoholverzehr hinzuweisen, da schlägt Luca ihn fest ins Gesicht.

„Was fällt dir ein über mich zu urteilen?", schreit er ihn an und greift erneut zur Flasche. Meine Tochter rennt dazwischen und verhindert damit das Schlimmste. Sie greifen sich Lars und flüchten aus der Wohnung. Fassungslos renne ich ihnen hinterher und begleite sie zu der Wohnung ihrer Großeltern. Sie erzählen ihnen alles und wollen nie wieder zurück zu Luca. Meine Mutter reagiert bestürzt und will ihn sofort aufsuchen und zur Rede stellen, doch mein Vater hält sie glücklicherweise auf.

Ich beruhige mich zusammen mit ihnen und gehe allein zu meinem Zuhause zurück. Luca sitzt starr auf der Couch, leert die Flasche und blickt immer wieder zu unserem Hochzeitsbild. Ich habe keine Worte mehr für ihn und auch kein Verständnis. Am liebsten würde ich ihm das Bild um die Ohren hauen, doch bei jedem Versuch, greife ich durch es hindurch.

„Warum funktioniert das nicht?"

„Alles eine Frage der Übung."

„Mike!" Er kommt im passenden Moment und schenkt mir die Stärke, die ich an Luca aufbrauchte.

„Was ist bei dir los?", fragt er sorgenvoll.

„Mein Mann ist ein Säufer geworden und tut unseren Kindern weh!", antworte ich in Rage.

„Alkohol? Die häufigste, menschliche Reaktion auf unvorhersehbare Ereignisse. Das war logisch."

„Für mich nicht! Ich hätte das nie von ihm gedacht!"

„Er trauert um dich und sucht einen Weg damit klar zukommen. Er wählt den leichtesten, allerdings ist er dies nur zu Beginn."

„Er hat meinen Sohn geschlagen und wollte ihn umbringen!"

„Ich sag doch, die leichteste Option am Anfang mit dem Schmerz und den Verlust umzugehen. Und dann folgt das große Ende."

„Ich konnte es nicht verhindern! Überhaupt nichts tun! Kein Wort, keine Berührung ist bei ihnen angekommen. Ich kann ja nicht mal dieses dämliche Foto umwerfen!"

„Dämlich? Was ist mit dir los? Das ist euer Hochzeitsfoto!"

„Ich bin nur noch sauer auf ihn! Schau ihn dir doch an! Er liegt dort und hat alles verloren. Er ist widerwärtig geworden. Er ist nicht mehr MEIN Luca."

„Aber dafür kann er nichts. Er trauert unendlich um dich, spürst du das nicht? Es ist bedrückend und erfüllt den ganzen Raum?"

„Ich spüre nichts! Nur meinen Hass auf ihn."

„Das ist furchtbar! Er ist wegen dir in dieser Lage! Du solltest ihm helfen und ihn nicht noch verurteilen, weil er ohne dich nicht weiter kommt."

„Aber der Alkohol!"

„Du wähltest die Seelenebenen, waren sie besser? Du bist dem Ganzen genauso aus dem Weg gegangen, wie er es auch macht. Er tut es halt auf diese Art! Ich habe dir geholfen und er braucht deine Hilfe!"

Mikes Worte finden Anklang bei mir und mein Zorn löst sich langsam auf. „Wie kann ich ihm helfen? Ich dringe nicht zu ihm durch. Ich kann ihm kein Zeichen geben."

„Du wolltest das Bild nach ihm werfen?"

„Ja", erwidere ich.

Mike hebt seinen Arm und wirft mit einem Schlag unser Hochzeitsfoto zu Boden. Das Glas zerbricht in tausend Einzelteile und erreicht die gewollte Wirkung.

Luca springt von der Couch auf und ist genauso erschrocken darüber, wie ich. Gefährlich schwankend durch die ausschweifende Trunkenheit torkelt er zu uns.

„Was war das?", krächzt er mit zittriger Stimme.

„Ich sag doch, alles eine Frage der Übung", brüstet sich Mike stolz.

„Das ist der absolute Wahnsinn. Wieso kannst du das?"

„Ich bin schon viel länger tot als du und musste mich über mehrere Jahre beschäftigen. Alles eine Frage des Gefühls. Man könnte es fast Fingerspitzengefühl nennen. Du musst es wirklich wollen und eins sein mit dir selbst. Es ist wie das sitzen ohne Boden. Beherrscht du deine Seele komplett, dann kannst du alles mit ihr erreichen."

Luca inspiziert währenddessen die Umgebung und greift mit seinen Händen durch die Luft. „Jasmin?

Warst du das?" Angestrengt verlassen die Worte seinen Mund.

Mike tritt nah an Luca und nimmt ihn in den Arm. Gänsehaut bildet sich auf Lucas Armen und lässt ihn stärker zittern.

„Jasmin?" Seine Stimme klingt so liebevoll, wie vor seinen Alkoholexzessen. „Ich vermisse dich", setzt er nach und bringt mich zum weinen.

„Ich vermisse dich auch", säuselt Mike in Lucas Ohr und drückt ihn fester. „Küss ihn!"

„Wie?"

„Komm her."

Mike streckt seine Hand nach mir aus und zieht mich an sie heran. „Küss ihn auf den Mund. Er wird es ganz sicher fühlen."

Zaghaft nähere ich mich Lucas Gesicht, dessen Mimik bebt. Seine Lippen sind warm und weich. Ich spüre sie wie zu Lebzeiten und küsse sie vorsichtig. Seine Lippen erwidern meinen Kuss und das macht mich unsagbar glücklich. „Ich liebe dich", flüstere ich dabei und lass von ihm ab.

Zu stark sind die Gefühle und die Schmerzen darüber, dass es vorbei ist. Auch Mike löst die Umarmung und wir sehen gemeinsam auf einen gebrochenen Mann.

Tränenüberströmt bleibt er ruhig stehen und wechselt sein Wesen von einem Moment auf den anderen. Wütend flippt er aus und schmeißt die Flaschen, die überall herumliegen, gegen die Wand.

„Was macht er jetzt?" Wieder macht sich Unverständnis in mir breit.

„Lass uns gehen."

„Nein auf keinen Fall! Warum tut er das?" Die Flaschen fliegen durch das ganze Wohnzimmer und zerschellen an den Wänden. Er schreit dabei wie ein Verrückter und wirkt bloß noch fremd auf mich.

„Lass uns gehen!", fordert Mike strenger.

Ich nehme seine Hand und wir verschwinden augenblicklich. Noch nie hat sich meine Seele so bewegt. Eben noch in meinem Haus, stehe ich plötzlich vor meinem Grabstein. „Was war das?", frage ich entsetzt mit einer winzigen Spur Neugier.

„Ich habe unsere Seelen bewegt. Es gibt viele verschiedene Möglichkeiten. Du musst noch sehr viel über das Seelen-Dasein lernen. Wenn du magst, kann ich es dir später zeigen, aber jetzt warten wir erstmal hier."

„Worauf?"

Mike setzt sich an meinen Grabstein und bleibt still.

Fremde Menschen laufen an uns vorbei und besuchen ihre Angehörige. Es ist seltsam, das von dieser Seite aus zu betrachten. Zu erkennen, dass die Liebsten sehr oft wirklich bei ihnen sind, während sie die Grabstellen pflegen.

Manch Lebende reden auch mit ihnen und die Toten antworten zurück, doch bleiben ihre Worte ungehört. Tragisch leidet der Mann neben uns, weil er verzweifelt versucht, sich seiner Mutter mitzuteilen.

Die Leute kommen und gehen - die Toten erscheinen und lösen sich auf. Ein wirres Bild - fassungslos schüttle ich den Kopf deswegen.

„Das gefällt mir überhaupt nicht."

„Warum nicht? Wir sind alle beieinander, wenn wir es wollen."

„Aber SIE wissen es nicht!"

„Aber wir! Ich finde es wunderbar."

Ich kann seine Meinung nicht teilen und betrachte meine traurige letzte Ruhestelle. Von den vielen Blumen, die noch in unzähligen Farben blühten, als es frisch war, sind nur noch wenige übrig. Einige sind vertrocknet und manche gestohlen. Verstimmt über das Gesamtbild, das mein neues Leben umfasst, sinke ich neben Mike nieder und verfalle mit ihm in Ruhe.

Ich schließe die Augen und fühle etwas von dem irdischen Wind, der sanft meine Haut streichelt und mein Haar bewegt. Dieses vertraute Gefühl umschließt mich und wiegt mich im Arm. Es hält mich und als ich die Augen öffne, erkenne ich, dass es Mike ist, der einen großen Teil dazu beiträgt. *Was würde ich nur ohne ihn machen?*

Er lächelt liebevoll und streichelt weiter mein Gesicht. Unsere Verbundenheit geht sehr tief und ist mit nichts Menschliches zu vergleichen. Liebe ist ein Klacks dagegen. Der einfache Blick in die Augen genügt. Es braucht keine weiteren Worte oder überflüssige Küsse. Er hatte recht, als er sagte: „ich solle es als starke Freundschaft betrachten". Das einfache Beieinandersein ist überwältigend und gleicht mein Innerstes aus.

„Es tut mir so leid", höre ich ein leises Wimmern und sehe auf.

Luca kniet vor uns in den abgestorbenen Blumen und weint verzweifelte Tränen. Immer wieder entschuldigt er sich und an seinen Händen klebt Blut.

„Was hat er gemacht?", frage ich Mike, weil er sowieso immer alles besser weiß. Er schaut überlegend und eröffnet mir so mein Kopfkino. „Luca ist ausgerastet und hat jemand umgebracht. Er hat unsere Kinder getötet! Er hat meine Eltern ermordet!"

„Was denkst du da?", entgegnet Mike und schüttelt den Kopf. „Niemand von ihnen ist tot. Er hat sich geschnitten, als er den Scherbenhaufen wegräumte!"

„Oh", pruste ich verlegen. „Bist du dir sicher?"

„Wären deine Liebsten tot, wären sie bei dir."

„Vielleicht sind sie noch nicht tot und schwer verletzt", spinne ich meinen Krimi weiter, anstatt Logik herrschen zu lassen.

„Mein Verhalten tut mir so leid. Ich wollte niemals trinken oder unsere Kinder schlecht behandeln", erklärt Luca mit gebrochener Stimme. „Bitte verzeih mir!"

Luca hebt seinen Kopf und starrt genau in unsere Richtung. Sein Gesicht ist ebenfalls rot beschmiert. Sein Anblick macht mich traurig und der anhaltende Blickkontakt nervös. „Kann er uns sehen?"

Mike wartet mit seiner Antwort, wie Luca, der uns weiterhin ansieht. Seine gläsernen Augen fixieren mich und das lähmt meinen gesamten Körper. Wäre da nicht Mike, der mich weiterhin im Arm hält, und mein Grabstein, würde ich rücklings umfallen, wie ein nasser Sack.

Hätte ich noch eine Lunge, würde ich spätestens jetzt aufhören zu atmen. Luca hält weiterhin seinen Blick an mir fest.

„Mike?", frage ich zaghaft und schaffe es nicht, ihn dabei anzusehen. „Kann er uns sehen?"

„Unwahrscheinlich", murmelt er. „Aber unheimlich ist es trotzdem."

Es beruhigt mich, das er ähnlich fühlt, doch verändert es nicht die Lage.

„Vielleicht solltest du IHM antworten?", schlägt er vorsichtig vor.

„Ich habe die Frage vergessen." Kein Wunder, bei all dem Blut und meinen möglichen Schreckensszenarien.

„Ob du ihm verzeihst", hilft mir Mike auf die Sprünge.

Zu denken versuchend finde ich nicht die passenden Worte und ein fremder Mann auf Lucas Seite erlöst uns aus dieser merkwürdigen Situation.

„Alles in Ordnung?", erkundigt er sich nach Lucas Wohlbefinden und taxiert seine blutenden Hände. Luca bleibt apathisch und starrt nun ihn mit großen Augen an. „Soll ich Ihnen einen Arzt rufen?"

Da der Mann keine Antwort bekommt, geht er einige Gräber weiter und holt Verstärkung. Ich höre, wie er Luca als „Irren" betitelt und stehe auf. Lucas Blick weilt wieder bei mir, genauer genommen auf die kleine Blume, die unten in meinem Grabstein eingemeißelt ist.

„Luca?" Ich gehe auf ihn zu und hocke mich neben ihn. „Luca, hörst du mich?" Streichelnd durch sein braunes Haar, zuckt er unter meiner Hand zusammen. „Luca? Ich verzeih dir alles. Du warst die Liebe meines Lebens und BIST der Vater meiner Kinder! Bitte, trink keinen Alkohol mehr! Er kann unser Problem nicht lösen! Dadurch verlierst du nur alles, was dir bleibt." Tränen rennen über mein Gesicht und fallen auf Lucas Haare. Sie bleiben auf ihm kleben und schimmern so hell, wie meine Seele. Ich habe sie mir nie genauer betrachtet. Sie sind meine Seele!

Sie sind ich und wenn sie an ihm sind, fühle ich mich ihm unheimlich nah, wie schon bei Clara in der Kapelle. Ich gehe einige Schritte von ihm weg und spüre ihn immer noch nah bei mir.

„Du hast etwas gelernt." Die stolzen Worte von Mike erreichen mich.

„So kann ich weiterhin bei ihm bleiben und trotzdem weiterziehen", spekuliere ich und Mike nickt zur Bestätigung. „Das ist traumhaft, einfach nur fantastisch. Funktioniert das bei jedem? Kann ich auch etwas bei meinen Kindern lassen?"

„Natürlich."

Luca fasst sich unterdessen durch seine Haare und verteilt meine Seelentränen auf seiner Kopfhaut. Ich spüre, wie sie ihn kribbeln und lasse sie gefühllos an ihm haften. Dadurch atmet er laut auf und sieht durch die Umgebung. Anscheinend nimmt er sie jetzt erst richtig wahr. Erschreckt schaut er auf seine blutenden Hände und dann auf die helfenden Menschen, die sich um ihn scharen. „Er ist in Sicherheit!", beschließe ich und wende mich von ihm ab.

Mit den Gedanken bei meinen Kindern, stehe ich plötzlich vor ihnen und meinen Eltern. Sie frühstücken und der Tisch ist gedeckt, wie zu meinen Kinderzeiten. Alles, was das Herz begehrt, liegt auf der gelben Tischdecke. Natürlich brauchen meine Kinder morgens nur Schokoladenaufstrich und akzeptieren bestenfalls Aprikosengelee stattdessen.

Sören schiebt sich das Schokoladenbrot quer in den Mund und kaut genüsslich darauf herum. Vergessen scheint die Angst durch Luca.

„Das hast du toll gemacht", lobt mich Mike, der plötzlich neben mir erscheint.

Ich freue mich über sein Folgen und beim Versuch mir Seelentränen herauszudrücken lacht er und nimmt mich in den Arm. „Das glaub ich jetzt nicht", spottet er. „Wir haben soviel durch und dir fällt nichts Besseres ein, als Seele durch deine Augen zu bekommen? Gibt es da nicht noch eine andere, vielleicht größere Öffnung?", zieht er mich auf und streichelt meinen Bauch.

„Stimmt, die habe ich ganz vergessen. Ich dachte, das wäre nur erdacht gewesen."

„Nicht alles aus deinen Ebenen war Fantasie. Du wirst später erkennen, wie viel Wahrheit in manchem steckt."

Ich knittere mein T-Shirt hoch, das immer noch dasselbe ist und sehe mit Bewunderung auf meine umherschlängelnde Seele. Zupfend löse ich kleine Stücke und verteile sie auf der Kopfhaut meiner Familie. Bei jeder 'Andockung' spüre ich sie dicht bei mir, als würde ich nun ein Teil von ihnen sein.

Ich kann mich in sie hineinversetzen und kenne ihre Gedanken und auch ihre Ängste. Luca ist eine davon und anscheinend hat meine Tochter erhebliche Probleme in der Schule. Ich möchte nicht zu tief in sie eintauchen, weil das nichts bringen würde. Ich kann ihnen nicht helfen. Nur bei ihnen sein! Das Wichtigste überhaupt!

„Und was möchtest du jetzt machen?", fragt mich Mike.

„Ich weiß es nicht. Auf jeden Fall muss ich von hier fort. Die weitere Anwesenheit bei ihnen, fühlt sich falsch an."

„Das glaube ich dir. Irgendwann ist das bei Jedem der richtige Weg. Es ist kein loslassen, sondern ein weiterziehen und neue Erfahrungen sammeln."

„Aber wo soll ich hin?"

„Du hast jetzt unerschöpfliche Optionen. Wo wolltest du schon immer einmal hin? Etwas, das als Mensch unerreichbar war?"

„Als Kind träumte ich, ich könnte zum Mond reisen."

„Okay. Dann lass uns dort beginnen und dann ziehen wir von Planet zu Planet und erkunden alle Galaxien. Es gibt soviel zu sehen. Ich war damals total fasziniert von den Spiralgalaxien."

„Du redest so, als wäre es ein Klacks."

„Das ist es. Als Seele gibt es keine Grenze. Nichts ist unmöglich!"

„Und du würdest mit mir gehen?"

„Ich habe momentan nichts anderes vor und könnte mir nichts Schöneres vorstellen."

Wir lächeln einander an und ich lasse mit ihm, Hand in Hand, dieses Leben ohne Schmerzen problemlos hinter mir.

Über den Autor:

Astrid Unger (Anna Beli) wurde 1983 geboren und trägt seit ihrer Kindheit viele Geschichten in sich. Mit zehn Jahren begann sie diese auf einer alten Schreibmaschine niederzuschreiben und entdeckte dabei die Freude an der Schriftstellerei. Die Hauptthemen drehen sich um den Tod und die Seele.

Bisher erschienen:
<u>Anna Beli</u>

Wo das Leben endet und der Tod beginnt
*** Eine Kurzgeschichte aus der Perspektive eines Verstorbenen. ***

Marc möchte nur schnell etwas einkaufen gehen, als ein Verrückter mit einer Pistole vor ihm herumfuchtelt. Ein kurzer, sinnloser Moment verändert sein Leben. Viele Jahre fällt es ihm schwer mit der neuen Situation klarzukommen, doch dann findet er einen Weg. (Auch als Bonuskapitel erhältlich in den Geschichten der Toten 1-5 – Erzählungen aus einer anderen Perspektive.)

Wenn der schützende Vorhang fällt
*** Gibt es ein Leben nach dem Tod? Existiert die Seele? Was würde geschehen, wenn der schützende Vorhang fällt und wir die Toten sehen könnten? ***

Bei Lilly, die seit frühen Kindertagen Kontakt zu ihrer Seelenliebe hat und dadurch am Rande der Schizophrenie entlang spaziert, bricht der gewohnte

Alltag in sich zusammen. Gemeinsam mit ihrer Familie rutscht sie von einer Katastrophe in die nächste, denn es bilden sich sehr schnell Allianzen gegen die Seelen. Mit militärischem Einsatz wollen die Bündnisse verhindern, dass sich die Menschen weiterhin den Seelen anschließen.

Lilly muss dabei feststellen, dass die Angst vor dem Tod nicht verschwindet. Obwohl der größte Beweis hinter ihr steht: Der Tod ist nicht das Ende.

Die Geschichten der Toten – Erzählungen aus einer anderen Perspektive

*** Kurzgeschichten aus der Perspektive von verstorbenen Menschen. ***

Wenn ein Mensch stirbt, sehen wir nur die Seite der Hinterbliebenen. Die Trauer, den Verlust und der damit verbundene Schmerz. Es scheint unmöglich, dass auch die betroffenen Toten darunter leiden könnten. Sie sind getrennt von ihren Liebsten, weil sie nicht mehr so wahrgenommen werden können, wie es gewöhnlich war. Die Unendlichkeit eröffnet sich ihnen und sie blicken in eine komplett neue Welt.

Ich habe es mir zur Aufgabe gemacht, ihnen zuzuhören und ihre Geschichten niederzuschreiben, damit sie jeder lesen kann. Denn das ist das, was sie manchmal möchten – ihr Schicksal teilen...

Ihre Worte schreibe ich in Kurzgeschichten. Da ich inhaltlich nichts hinzufüge, können sie auch unterschiedlich lang sein. Kaum einer möchte Alles von sich preisgeben. So ist es auch bei ihnen, sie bestimmen es selbst.

Astrid Unger

Der schwarze Planet ‚Ampledusia'; Seelen – Das eigentliche Sein Band 1

*** Dieses Buch enthält sehr viele leidvolle Szenen. ***

Aana erwacht in einer dunklen Welt. Noch ahnt sie nicht, welches Schicksal auf sie wartet. Vor ihr kniet ein Mann: „Ich habe dich erschaffen … zeige mir, was Liebe ist." Schnell stellt sie fest, dass dies nicht so einfach ist, wie er glaubt – denn seine Seele hat mehrere Seiten.

Sie selbst weiß nichts über sich und geht einen langen Weg voller Schmerzen und Leid … mit wenig Aussicht auf Licht oder Liebe.

Der helle Planet ‚Iniriaole'; Seelen – Das eigentliche Sein Band 2

Paedrig zeigt Aana die helle, neue Welt und noch vieles mehr. Dies ist soviel schöner, als das was sie zuvor sah und erlebte. Durch ihn lernt sie Seelenliebe richtig kennen. Mit Awan verbindet sie eine tiefe Verbundenheit. Aber sie muss Stück für Stück verstehen, dass er nicht das ist, was sie voller Hoffnung glaubt ... und auch in ihr viel mehr steckt, als sie sich selber eingestehen will.

Wenn die Liebe mit dem Tod beginnt; Seelen – Das eigentliche Sein Band 3

*** Wenn die Liebe mit dem Tod beginnt ist ein eigenständiges Buch und bildet den Abschluss von ‚Seelen – Das eigentliche Sein'. ***

Ein Traum ... Ein Alptraum – Als zwölfjährige quälte er mich jede Nacht und hielt mein Leben jahrzehntelang fest im Griff, bis ich verstand, dass mehr, sehr viel mehr, dahintersteckte.

Skurrile Erlebnisse, Ängste, Zweifel und eine verzweifelte Todessehnsucht aus Liebe begleiteten mich und eröffneten mir einen Blick in eine andere Welt.

Eine Welt, von der ich nie zu glauben vermochte, dass sie wirklich existiert – Die Welt der Toten...

Manja Barthel

Manchmal stirbt man mehrmals – oder gibt es noch anständige Männer?

Manja erzählt auf eine heitere Art 50 Jahre ihres Lebens. Eine Scheidung, zwei Trennungen, die ihr Leben veränderten und ihre unendliche Suche nach der wahren Liebe. Doch das Leben bietet auch Krankheiten und Enttäuschungen. Sie erkennt dabei, wie wichtig Familie ist.

Impressum:
Astrid Unger
Morgensternstraße 29
12207 Berlin

Tag der Veröffentlichung: 15.7.2015
2. Auflage

Herstellung und Verlag:
BoD – Books on Demand, Norderstedt
ISBN 978-3-7347-8055-4